Geen bereik

Marian De Smet
GEEN BEREIK

moon

De woorden van zijn vingers won in Vlaanderen de eerste prijs van de Kinder- en jeugdjury

© 2011 Marian De Smet en Moon, Amsterdam
Omslagontwerp Marry van Baar
Omslagbeeld Trevillion Images/Jen Kiaba
Zetwerk ZetSpiegel, Best
ISBN 978 90 488 0890 8
NUR 284

www.moonuitgevers.nl
mariandesmet.blogspot.com

Moon is een imprint van Dutch Media Uitgevers bv

ZATERDAG

Leo

De rotswand kaatste mijn schreeuw kil terug. Wanhopig graaide ik om me heen, op zoek naar houvast, en haalde daarbij mijn handen en armen open.
Koud van angst werd ik.
Mijn voeten trappelden in het luchtledige. Mijn vingers scharrelden alleen maar pijn bij elkaar. En dan de klap. Een vlammende steek schoot door mijn enkel, mijn rugzak rukte bruusk aan mijn schouders en mijn hoofd smakte tegen de ruwe wand. Meteen keek ik omhoog, snakte naar de adem die ik boven had achtergelaten. De kleine opening, net groot genoeg om een stukje nachtblauw binnen te laten, was hoog boven me. Te hoog.
Het aardedonker beklemde me. Een afgrond? Was er een afgrond?
Mijn vingers vonden alleen vochtige aarde en steengruis, kropen toen trillend mijn buik op, klikten de gespen rond heupen en borst los. Rugzak af.
Iets warms liep over mijn slaap, het prikte in mijn ogen. Met mijn hand veegde ik het goedje uit mijn wimpers. Roest. Bloed. Mijn hoofd gonsde, mijn scheenbeen schrijnde en mijn voet. Mijn voet. Als ik mijn veters losmaakte, zou hij met schoen en al van mijn lichaam scheiden.

Ik zag niet hoe erg ik eraan toe was. Het voelen was genoeg.

'Shit! Shit! Shit!' vloekte ik en ik spuwde de modder uit die tussen mijn tanden zat.

Eén stap te veel. Ik had één stap te veel genomen.

Ik had net besloten dat het te gevaarlijk werd om nog verder te gaan, toen ik de grote rots in het donker voor me zag opdoemen. Het leek wel of een reus hem daar eeuwen geleden achteloos in het bos had achtergelaten. De maan verdween telkens achter de snel voorbijdrijvende wolken, de wind stak op en het hele bos kraakte en piepte. Het rommelde onheilspellend in de verte. Niet lang meer en het zou gaan regenen. Ik besloot beschutting te zoeken achter het stenen gevaarte, liep bergafwaarts, tastte met mijn hand de rots af en plots zakte de grond onder mijn voeten weg en verdween ik in de aarde.

Ik ademde diep in en uit, verbeet de pijn en voelde hoe de kilte langzaam mijn botten verkleumde. David wist welke top ik ging beklimmen, ik was weliswaar van de route afgeweken, maar dat kon toch niet echt een probleem zijn? Ze hadden helikopters, honden ook. Dat had ik vaak genoeg op televisie gezien. Algauw zou iedereen op zoek zijn naar een jongen van achttien met zwarte haren, donkere ogen en een rode rugzak. Het zou misschien wel even duren, één dag, twee misschien. Waarschijnlijk zou ik tegen die tijd wat onderkoeld en uitgedroogd zijn. En die voet... gebroken natuurlijk. Ma en pa doodongerust, televisieploeg erbij, en nooit meer alleen de bergen in. Dat zou ik wel beloven.

David zei het nog.

'Je moet eigenlijk altijd met z'n tweeën zijn, zodat er iemand hulp kan halen als er iets gebeurt. Alleen gaan is om problemen vragen.'

'Ga jij dan mee. Ik wil die top echt morgen doen, later voorspellen ze slecht weer en dan zitten we met ons hoofd in de mist.'

Maar hij had blaren op zijn beide hielen, van de eerste dag al, en hij had meer zin om met de auto een uitstapje te maken. Ja, daarvoor waren we toch niet de Alpen in getrokken? Met de auto rijden konden we bij ons in Parijs ook. Als er geen file was.

De ochtend daarop stond ik al vertrekkensklaar toen hij zijn hoofd eindelijk uit het kleine tentje stak.

'Wat ben jij in godsnaam van plan? Het is halfacht.'

'Ik ga die top doen. Met of zonder jou.'

'Je bent gek, Leo.'

'Ik heb eten en drinken genoeg bij me, ik bel je wel, vanavond ben ik terug.'

'En wat moet ik zolang doen?' deed hij zielig.

'God, David, wat je hier al een hele week doet, hè? Aan het meer liggen, bier drinken en meiden versieren.'

Hij grijnsde even, zijn rode haar stond alle kanten op.

'Goed idee, ik zie je straks.'

'*Salut!*'

Ik stak mijn hand nog eens op en liep de kampeerplaats af, waar een klein koeienpad zich meteen de hoogte in slingerde. Het was nog fris, het lange gras nog nat en het enige wat ik hoorde, waren verre koeienbellen en het geklater van een riviertje. Ik haakte mijn duimen in de lussen van mijn rugzak en stapte in een flink tempo verder.

Hier had ik die laatste maanden in de schoolbanken naar uitgekeken. David en ik mochten van onze ouders eindelijk alleen op vakantie. Het had wat moeite gekost om hem te overtuigen dat de Alpen toffer waren dan Ibiza, waar hij eerst zijn zinnen op had gezet, maar uiteindelijk gaf hij me mijn zin. Een vliegreis was te duur en we mochten mijn zusjes auto lenen. Hij had beteuterd gekeken toen we de kleine camping opreden. Meer dan een alpenwei was het niet. Gelukkig was er wel een bergmeertje waar de plaatselijke jeugd – lees: meisjes – de hele dag lang kwam zonnen en zwemmen.

Onze eerste bergtocht begon hij enthousiast, maar algauw had hij er genoeg van: zere voeten, een verbrande kop en ademnood. Ik wist wel dat dit niet echt iets voor hem was, maar hij is mijn beste vriend en de enige met wie ik het drie weken zou uithouden.

Met verkrampte vingers peuterde ik de ritssluiting van mijn broekzak open en viste mijn gsm eruit. Op de top had ik David al proberen te bellen, maar ik had er geen bereik. Ik was van plan geweest het opnieuw te proberen als ik een geschikte slaapplaats had gevonden, maar daar dacht de berg anders over.

Ik drukte het scherm aan en schrok van het felle licht, waarna ik meteen opgelucht ademhaalde; ik kon weer zien. Nu pas zag ik waar ik terechtgekomen was; een grillige, kleine ruimte, niet groter dan drie bij vijf. Met de hoogste wand, minstens acht meter, had ik al pijnlijk kennisgemaakt, twee andere wanden liepen spits naar elkaar toe, zodat het grondoppervlak een driehoek vormde. In de uiterste punt kon een volwassene amper rechtop zitten. Maar wat me nog het meest verbaasde, was dat er sporen waren van mensen. Iemand kende deze spelonk. Er stond een omgekeerde krat, er lag een lege wijnfles met

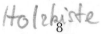

een stompje kaars en in de hoek stond een kist. Net toen ik erheen wilde kruipen, doofde het licht en vertelde een luid signaal me dat de batterij bijna leeg was. Het duister was zwarter dan voorheen.

Ik drukte het scherm weer aan en probeerde David te bellen, maar ook hier weigerde het toestel dienst. De verlatenheid van de streek, die me zo had aangetrokken, deed me nu de das om. Ik besloot zuinig te zijn op het weinige licht dat de batterij me nog zou gunnen en schakelde mijn gsm uit.

Het gerommel van de donder dat al die tijd op de achtergrond was gebleven, nam toe in kracht en boven me hoorde ik zware druppels op de bosgrond uiteenspatten. Het volgende moment verlichtte een hevige bliksemflits de spelonk, op de voet gevolgd door een krakende donderslag. Het begon heviger te regenen, de druppels vielen door de opening in mijn nek, bladeren waaiden naar binnen. Ik ging moeizaam op handen en een knie zitten, mijn pijnlijke voet zo min mogelijk belastend, en wachtte op de volgende lichtflits. In de seconde dat die duurde, stippelde ik een route uit tot aan de kist. De flits was zo fel dat ik de contouren van de kist nog zag toen het eenmaal weer donker was, ze werd als het ware geprojecteerd voor mijn ogen. Heel voorzichtig kroop ik naar het lage gedeelte van de grot. Daar was de grond droger en het was er minder kil. Ik sleurde mijn rugzak naast me en legde mijn been in een houding waarbij mijn voet het minst pijn deed.

De kist.

Ik moest weten wat erin zat.

Nanou

Ik wist dat het zou gaan onweren. Dat rook ik 's ochtends al toen ik me waste met het ijskoude water van onze bron. Huiverend stak ik mijn hoofd even onder de straal die vanuit het houten pijpje in de uitgeholde boomstam stroomde, dronk een paar slokken en maakte, zoals altijd, een grote golf omdat ik het leuk vond te zien hoe de boomstam overliep. Ik keek hoe het water zich een weg zocht over de keien tot in het riviertje naast ons huis. Mijn natte haar maakte mijn jurk nat, ik nam het samen op mijn hoofd en speldde het vast door een houten pinnetje door een leren lapje te prikken. Moeder had met een hete naald edelweissjes in het lapje gebrand, jaren geleden al.

De zon was nog maar net op. Alleen nu, nu het zo vroeg was, kon ik ongestoord buiten lopen. Moeder had een afkeer van de zomer, in de winter waren we alleen op onze berg en kon ik hele dagen onbevreesd de bossen in trekken. Maar nu het gras hoog stond en de weiden barstten van kleur en klein leven, hield ze me angstvallig in de gaten.

Met haar handen in de zij, haar ogen streng, stond ze in de kleine deuropening van ons houten huis. Haar korte haar was haast helemaal grijs en haar huid was donker van het vele werk buiten.

'Nanou, kom binnen. Nog even en de toeristen lopen in het bos.'

'Het is nog vroeg, mama. Zo vroeg komen ze niet.'

'Dat weet je nooit. Kom binnen en help me met het brood.'

'Ja, mama.'

Ik hield wel van de zomer, wat moeder ook zei. In geen enkel seizoen waren de weiden zo mooi. Ik verborg me in het hoge gras, ver van de paden, en plukte het ene veldboeket na het andere, dat ik dan droogde door het ondersteboven onder de brede dakrand te hangen. Ik lag uren op mijn buik bij een marmottenhol en wachtte tot het dier naar buiten kwam. Rechtstaand op zijn achterpootjes, de voorpootjes koddig voor zijn dikke buikje, keek hij zenuwachtig in het rond en liet hij een schril gefluit horen. Hij zag me wel, maar hij wist dat ik hem geen kwaad deed en in zijn zwarte oogjes herkende ik mezelf. Altijd op zijn hoede, altijd een hol klaar om zich in te verbergen als er mensen kwamen.

Mensen zijn gevaarlijk. In het dal stikt het van de mensen. De dag dat mijn vader met mijn zusje voor het eerst de berg afdaalde, kwamen ze nooit meer terug.

Moeder weet dat ik oplet. Moeder weet dat ik me nooit laat zien. Ik ben net zo <u>schichtig</u> als die bergmarmot, mij krijgen ze niet te pakken.

Leo

Het deksel van de metalen kist was zwaar. Stroef knarste het omhoog, elke spier in mijn lichaam leek aan mijn voet vast te hangen. Met een klap sloeg het deksel uiteindelijk tegen de rotswand aan. Het pikkedonker maakte mijn andere zintuigen scherper. Ik rook natte wol, voelde hoe mijn vingernagel loshing toen mijn hand de stof te pakken kreeg en ik hoorde hoe leeg de kist werd terwijl ik de loodzware deken eruit sleurde. Oké, dit kwam van pas, maar eerlijk gezegd had ik gehoopt op wat eten of drinken. Het enige wat ik nog ontdekte, was een bijna leeg doosje lucifers op de bodem van de kist. Daar moest ik zuinig mee omspringen. Dus nu nog niet gebruiken.

De bliksem zorgde voorlopig met onregelmatige tussenpozen voor grillige verlichting en het regende onophoudelijk voort.

Ik was moe. En ik had honger. Ik beet de gescheurde vingernagel af, spuwde hem uit en maakte mijn rugzak open. Ik zocht de appel die er nog in moest zitten. Moeizaam haalde ik eerst de lege drinkfles, het afval van mijn picknick en mijn fleece trui eruit. Ik legde de appel onder mijn been, zodat ik hem zou terugvinden, en probeerde mijn trui aan te trekken. Mijn elleboog was gezwollen.

Stijf wrong hij zich moeizaam door de mouw. De ritssluiting wreef pijnlijk over mijn neus, blijkbaar was ik ook daar wat vel kwijt. Ik nam de appel, boende hem schoon, en merkte meteen aan de modder tussen mijn tanden dat ik hem blijkbaar vuiler had gemaakt. Mijn enkel klopte pijnlijk in mijn schoen.

Heel langzaam at ik de beurs geworden appel op. Ik besefte dat dit wel eens mijn laatste maaltijd in dagen kon zijn en die gedachte beangstigde me.

Het onweer trok stilaan weg. Het gerommel verdween in de verte en de bliksem gunde me nog maar sporadisch een blik op mijn onderkomen. Rondom me druppelde en sijpelde overal water naar binnen, het was een kakofonie van drupjes, lekjes en plopjes. Even luisteren naar deze watersymfonie bracht me op het idee mijn drinkfles te vullen.

En liet me voelen dat ik moest plassen. Verdomme. Dat ook nog.

Nanou

In het schemerdonker glipte ik naar buiten, het was al laat en het rommelde in de verte, maar ik had vandaag haast de hele dag binnen doorgebracht en ik voelde me als een hond die nodig uitgelaten wil worden.

Ik klom vlug omhoog, de wei door, het bos in, en volgde mijn eigen uitgestippelde paadje tot bij onze spar. Een joekel van een boom met ruwe schors en een zacht tapijtje van naalden onder zijn takken.

Vincent zat er al en ik ging hijgend naast hem zitten, mijn rug tegen de stam.

'Hé, waar bleef je?' vroeg hij.

'Ik had het druk vandaag. Brood bakken, boter karnen... En het is zaterdag, je weet dat ik dan nog minder naar buiten mag.'

'Jammer, het was mooi weer.'

'Het gaat onweren.'

'Straks pas.'

'Ja.'

Vincent kende ik al zolang ik me kon herinneren. Soms trokken we een hele dag samen op, soms zag ik hem weer een hele poos niet. Hij was er altijd als ik hem nodig had.

Een bliksemflits lichtte de bergkam aan de overkant van het dal even op.
'Het begint al,' zei ik.
'Gaat de bliksem van boven naar onder, of van onder naar boven?' vroeg Vincent en hij keilde een dennenappel weg, die hotsend naar beneden tolde tot hij uit het zicht verdween.
'Van boven naar onder natuurlijk!'
'Ben je daar zeker van?'
'Bliksem kan toch niet uit de aarde komen?'
Vincent haalde zijn schouders op.
'Hoe dan?'
'Misschien ontmoeten de bliksemschichten elkaar, ergens in het midden,' opperde hij en hij gooide nog een dennenappel weg.
'Wel een knetterende ontmoeting,' lachte ik.
De eerste druppels spatten uit elkaar aan onze voeten.
'Ik moet naar huis, loop je mee?'
Hij knikte en stond op. Zwijgend liepen we de berg weer af. Bij mijn huis keek ik hem aan, maar hij had geen zin om mee naar binnen te komen, dus ik zei gedag, schopte mijn schoenen uit en deed de deur open.
'Net op tijd,' zei mijn moeder, 'het gaat serieus onweren. Heb je gekeken of Zita binnen zit?'
'Ja, mama, ze zit vast.'
'Goed. Ga nu maar slapen.'
'Welterusten.'

Leo

Hijgend, mijn gezicht vertrokken van de pijn, legde ik me voorzichtig op de uitgespreide deken neer, mijn hoofd op mijn rugzak. 'Even gaan plassen' kreeg in deze omstandigheden een wel heel beladen betekenis. Het had me een eeuwigheid en helse pijn gekost om, zo ver mogelijk van mijn zitplaats, het hoognodige klusje te klaren. Terwijl ik balancerend op één been de urine hoorde lopen, kon ik alleen maar hopen dat die niet op mijn schoenen terechtkwam.

Na lang zoeken had ik mijn drinkfles, op het gehoor, met wat stenen onder een lek kunnen vastklemmen en was toen uitgeput naar de kist teruggekropen.

Ik nam een punt van de deken en trok die over me heen. Hij was doordrongen van de vochtige geur die ook in de spelonk hing en het was alsof ik me een tweede maal in de aarde begroef.

David

Ik weet niet goed meer wanneer ik echt ongerust werd. Pas toen het donker werd, geloof ik. En toen dat helse onweer losbarstte. Hij had me niet, zoals beloofd, gebeld vanaf de top, maar dat verontrustte me niet, Leo had het waarschijnlijk te druk met 'genieten van het uitzicht'. Ik heb nooit begrepen wat hij zo geweldig vindt aan de bergen. Ze zien er allemaal eender uit: gras, bomen, rotsen. Ik had pas een mooi uitzicht: twee blonde Duitse meiden in monokini aan het meertje. Daar kan geen marmot tegenop.

Tijdens die eerste bergtocht samen stond hij maar te roepen: 'Kijk dan, David. Kijk dan toch hoe prachtig het hier is! Adem eens in, dat is wat anders dan die bedorven lucht in Parijs!'

Stond ik daar gehoorzaam wat in en uit te snuiven, terwijl ik eigenlijk allang geen adem meer overhad na die rotbeklimming, maar meer dan wat koeienvlaaien rook ik niet en even later snoof ik zo'n stomme, kleine rotvlieg op. Eentje die waarschijnlijk net nog in zo'n vlaai had gezeten! De bergschoenen die ik speciaal voor deze vakantie had gekocht, bezorgden me algauw twee joekels van blaren en toen we dan eindelijk de top bereikt hadden, *passe Regel*

aten we warm geworden brood met bezwete kaas. Mijn snoepreep was gesmolten en Leo had niks anders dan flauwe sportdrank meegenomen. Een fris biertje was er toen wel in gegaan! Tot overmaat van ramp moesten we het hele stuk ook weer terug.

Leo is een fijne vent, echt mijn beste vriend, maar die hobby van hem... dat is toch niet normaal. Ik was vastbesloten om hem na zijn tocht over te halen door te rijden naar de kust. Zon, zand en zee. Meer heb je niet nodig.

Maar mijn maat kwam die berg niet meer af. Het begon verschrikkelijk te regenen, ik kroop in ons tentje en probeerde hem nog maar eens te bellen. Niks.

Wat moest ik nu doen? Wie weet was hij wel ergens in *Sel lucht / gestolpt* een ravijn gesukkeld. Of opgegeten door een beer of zo. Ach, Leo was een plantrekker. Waarschijnlijk schuilde hij voor het onweer en zou hij morgen naar beneden komen. Ik kroop in mijn slaapzak en luisterde naar de regen op het tentzeil, dat langs alle kanten flapperde in de hevige wind.

Ik lag nog lang wakker, dacht voortdurend dat ik voetstappen hoorde. Bliksem en donderslagen volgden elkaar in hoog tempo op en het enige wat ik kon hopen, was dat hij op een droge plek zat.

ZONDAG

Nanou

Ik lag op mijn favoriete spioneerplek. Het gras was nog nat na al de regen van vannacht, maar dat kon me niet schelen.
Zondag was de beste dag om mensen te spotten, zeker als het zo'n mooie dag was als vandaag. De zon stond stralend aan de schoongewassen lucht en een zachte wind liet de blaadjes van de alpenroosjes waaronder ik lag zachtjes ritselen. Je kon me onmogelijk zien liggen vanaf het pad, maar ik had wel een perfect zicht op de bergwandelaars. Moeder wist niet van deze plek. Het was ook pas sinds een jaar of twee dat ik me zo dicht bij de mensen durfde wagen, tot dan maakte ik me liefst zo snel mogelijk uit de voeten als ik ze hoorde of zag. Maar nu vond ik het fijn om ze bezig te zien en altijd was ik op zoek naar het gevaar dat, volgens mijn moeder, in hen zou schuilen. Om eerlijk te zijn vond ik ze gewoontjes, soms zelfs zielig. En ook al zei mijn moeder honderd keer dat mensen die van de bergen houden nog van de beste soort zijn, ik mag ze nooit vertrouwen. Nooit.

Dus bekijk ik hen, elke zomerse zondag.

Er is wel geduld voor nodig, want het is nooit druk op onze berg. We liggen zo afgelegen, verder van welke fat-

~~soenlijke~~ *anständige* weg ook, dat alleen de echte doorzetters via onze bergflank de top van de buurberg bereiken. Daar staat de enige berghut in kilometers omtrek en daar gaan ze, langs de rood-wit gemarkeerde rotsen, op af. Eén keer heb ik de man gezien die deze tekens maakte. Hij had een pot rode en een pot witte verf bij zich en schilderde secuur over de bijna onzichtbaar geworden strepen op de rots. Hij floot een wijsje en had een houten wandelstok bij zich met een vogelkop op het einde.

Ik zuchtte, het was al halfeen en nog steeds was er niemand gepasseerd. Mijn tijd was allang op, moeder zou zich afvragen waar ik bleef. En ik had honger.

Ik wilde net opstaan, toen ik in de verte een stem hoorde. Waarschijnlijk weer iemand die zijn echo wilde horen. 'Hallo!' roepen ze dan en ze vinden het grappig hun stem opnieuw te horen. 'Hé-ooo!' hoorde ik, nu al wat dichterbij. Gespannen wachtte ik af wie er bij de stem zou horen. Het was een mannenstem, ik hoorde er maar een, zou hij alleen zijn? Daar was hij.

Hij stapte moeizaam... liep zelfs een beetje mank. Hij was nog jong, slechts een paar jaar ouder dan ik, en hij had knaloranje haar. Nooit eerder zag ik iemand met zo'n gekke haarkleur, de zon liet het blinken als koper. Zijn gezicht zat vol sproeten en was behoorlijk rood aangelopen. Hij keek om zich heen, alsof hij iets zocht, zette zijn handen aan zijn mond en riep: 'Léééé-jooooooo!'

Wat een domoor, op deze open plek kon het geluid onmogelijk terugkaatsen. De jongen droeg een korte broek, bergschoenen waarmee zo te zien nog geen berg was beklommen en een geel T-shirt. Hij hoorde hier niet thuis. Alles aan hem vertelde dat hij het maar niks vond: zijn gebogen rug, zijn diepe frons, de onzekere stap.

Een stadsmus. Iemand uit het grote dal, misschien van nog verder weg. Langzaam strompelde hij voort, ik wist dat ik hem dadelijk even kwijt zou zijn, daar waar het pad een bocht maakte, en ik wist ook dat binnen vijf tellen zijn voeten vlak voor mijn neus zouden passeren. In de dode hoek hoorde ik plots een korte kreet en het volgende moment zag ik geen schoenen maar een hoofd onzacht in aanraking komen met de grond. Ik schrok me te pletter, sloeg mijn hand voor mijn mond en hield mijn adem in.

'Verdomme, verdomme! Kloteberg! Kloteschoenen! Klotevakantie!!'

De jongen was vlak bij me, ik kon de zonnecrème ruiken die nog wit op zijn neus glom terwijl hij overeind kwam. Hij bekeek zijn geschaafde knie en wreef de modder uit de wond.

Tot mijn schrik ging hij op de steen naast het pad zitten, zo dicht bij me dat ik hem hoorde ademen. Hij mompelde wat en nam een fles water uit zijn rugzak. Hij zag er moedeloos uit, staarde naar de grond en dan weer in de verte.

'Verdomme, Leo, waar zit je?!' gromde hij.

Nu werd me duidelijk dat hij niet voor de echo had staan roepen.

En hij zocht niet iets.

Hij zocht iemand.

Leo

Ik weet niet meer wat me gewekt had: de kou, de pijn of de stilte. Het was nog steeds donker, maar het regende niet meer. Ik durfde me niet te bewegen, hoewel iets scherps me in de rug prikte.
'Ze komen wel,' fluisterde ik tegen mezelf. 'David zal hulp halen. Of de mensen die deze grot kennen. Waarschijnlijk zijn het kinderen die hier hun kamp hebben. Het is vakantie, ze zullen hier wel komen spelen.'
Mijn mond was droog, mijn lippen gesprongen. Ik was vergeten waar ik mijn drinkfles had vastgeklemd en besloot te wachten op wat daglicht. Ik sloot mijn ogen weer en dacht aan mijn tocht van gisteren. Het leek wel een eeuwigheid geleden.

De top lag op 3440 meter hoogte, het uitzicht beloofde schitterend te worden, rood-witte markeringen wezen me de weg. Ik kwam geen andere wandelaars tegen en vaak was het pad overwoekerd of zelfs niet aanwezig. Ik stopte af en toe om wat te eten en te drinken en zag de berghut op de top gestaag dichterbij komen. Toch ging het niet zo snel als ik gedacht had, het was al laat in de namiddag eer ik de hut bereikte en de uitbater van de keet, een vijftiger met een door de zon gelooide huid, gaf me samen met mijn ijsthee de goede raad snel weer op mijn schreden terug te keren. Hij wees erbij naar de lucht, waar wolken zich langzaam opeenstapelden tot romige bergen.

Ik had nog heel wat kilometers te gaan toen de schemering inviel, mijn knieën protesteerden tegen het helse tempo van de afdaling en toen ik plots, diep in het dal, de glinsterende vlek van het meertje zag met wat gekleurde stipjes van tenten eromheen, besloot ik een stuk af te snijden. De markeringen lieten me onnodig lange bochten maken, ik zou recht op de camping aflopen, dat scheelde zeker een uur. Maar algauw dook ik onder de boomgrens en zag ik niks meer van het water of de camping. Het werd donker, koud en levensgevaarlijk, want ik wist niet eens waar ik mijn voeten neerzette. Ik was opgelucht toen ik een grote rots kon onderscheiden. Tien stappen verder slokte de aarde me op.

Moeizaam ging ik overeind zitten. Een pijnscheut sneed door mijn voorhoofd, en ik gooide de klamme deken van me af. Mijn bergschoen knelde steeds verschrikkelijker om mijn pijnlijke voet. Ik maakte de veters los en plooide de tong naar buiten. Mijn voet was opgezwollen en gloeiend heet. Ik nam een grote hap lucht en trok zo voorzichtig mogelijk de schoen en ook de kous uit. Tranen liepen over mijn wangen en duizelig van de pijn zette ik mijn voet op de koude aarde. Ik bibberde over mijn hele lichaam. Langzaam ging ik weer liggen. De kou deed me goed, maar ik maakte me steeds ongeruster. Misschien zou ik wel altijd kreupel blijven.

Een hele poos later werd ik opnieuw wakker, de zon scheen nu en ik zag mijn drinkfles in een hoek van de spelonk. Ze was scheefgezakt. Het duurde nog een hele tijd eer ik de moed vond erheen te kruipen. Er zat niet zoveel in als ik had gehoopt en zuinig dronk ik enkele slokjes. Het smaakte naar modder.

Af en toe schreeuwde ik om hulp, maar met het uur werd mijn kreet zwakker en ijler. Mijn gsm vertelde met een onverbiddelijk signaal dat hij er definitief de brui aan gaf. Het donker sloop de spelonk binnen en bracht de kou met zich mee. Ik ging mijn tweede nacht onder de aarde in.

David

Een loser was ik. Een echte loser. Ik had niet eens de top gehaald. Nog niet half zo ver was ik die berg op gekomen. Bekaf kwam ik terug op de camping met een kapotte knie en een verbrande kop. Van wegwijzers hadden ze in dit achterlijke oord nog nooit gehoord, dus had ik me de hele dag gek lopen zoeken naar twee strepen verf. De ene keer op een boom, de andere keer op een rots, dan links, dan weer rechts van de weg. Eén keer had ik er blijkbaar een gemist en kon ik het hele stuk weer terug. Ik had zijn naam geroepen, geschreeuwd. Ik voelde me nogal stom, maar hij zou misschien in de buurt kunnen zijn en het enige wat ik echt niet wilde, was hem mislopen om dan te beseffen dat ik al die moeite voor niks had gedaan.

Ik plofte neer voor mijn tent en trok mijn schoenen uit. Ondanks de driedubbele laag pleisters deden mijn voeten toch weer zeer.

Wat moest ik nu doen? Naar de politie? Was die er wel in dit afgelegen boerengat? Ik zag een veldwachter voor me, met een grote snor en een uniform van voor de oorlog. Op de fiets natuurlijk.

Even had ik overwogen om gewoon aan de kant van de weg te gaan zitten.

Leo moest toch ook dit pad weer terug nemen? Maar ik wist dat de kans er dik in zat dat Leo die verfstrepen helemaal niet gevolgd had. Hij deed zijn eigen zin. Het was een echte keikop. Niet altijd de gemakkelijkste, maar als ik eerlijk was, had ik op dat moment niets liever dan dat die keikop nu tevoorschijn kwam. Het spelletje had lang genoeg geduurd.

Ik had mezelf wijsgemaakt dat Leo me misschien wel op zat te wachten, beneden. Niet dus.

Ik zag zijn lege slaapzak, zijn half uitgelezen boek... Ik voelde me beroerd en kroop in mijn slaapzak om niet te slapen. De hele nacht niet.

Nanou

'Waar was je?' vroeg moeder.
Mijn ogen moesten even wennen aan de donkere woonkamer na het felle licht buiten.
'Buiten.'
'Niet op zondag, Nanou. Dan zijn er meer mensen dan anders.'
'Mama, je weet dat ik me niet laat zien.'
'En jij weet dat ik het niet wil.'
Ik zuchtte en ging aan tafel zitten, at zwijgend mijn bord leeg, hielp met de afwas en trok me terug op mijn kamer.
Even later kwam Vincent binnen.
'Hé, Nanou, waar was je?'
'Onder de alpenroosjes.'
'Iemand gezien?'
'Ja. Weet jij wat "klote" betekent?'
'Nee. Waarom?'
'Die jongen riep het. Het klonk als iets slechts.'
'Zoek het op.'
'Ja, maar het woordenboek staat in de woonkamer en als mama ziet dat ik iets opzoek, weet ze al dat ik iets gehoord heb. Net zoals met "stafkaart" toen, weet je nog?'

'Ik hoor de deur, ze is buiten, als je snel bent...'

Vlug sloop ik mijn kamer uit, nam het dikke boek van de plank en schoof andere boeken op om de vrijgekomen ruimte weer te vullen. Met mijn hart in mijn keel ging ik op bed zitten. Vincent kwam naast me zitten.

'En?' vroeg hij.

'Wacht even, k... kl... hier: "klote: iets rottigs, slecht". Zie je wel?'

'En wat nog meer?'

Ik liet het hem lezen. Hij grijnsde.

Even was het stil.

'Wat zullen we doen?' vroeg Vincent luchtig.

'Ik weet het niet. Ik mag niet meer naar buiten.'

Ik hoorde de deur weer in het slot vallen en verstopte het woordenboek gauw onder mijn kussen.

'Nanou, kom je me helpen met de was?'

'Ja, mama!'

Vincent zuchtte. 'Ik ga er maar vandoor dan. Tot morgen?'

'Graag. Morgen komt Michel, je weet dat ik dan niet graag alleen ben.'

Vincent knikte en verdween.

MAANDAG

Nanou

Die ochtend hing de mist tot laag in het dal. Ik had geen zin om uit bed te komen. Moeder klopte even en ze kwam binnen met een dienblad met brood, ei, thee, koek en sap. Hoeveel lekkers ze me ook bracht, al mijn hele leven haatte ik de tweede en de vierde maandag van de maand. En zij wist dat ze me met niks in een beter humeur kon brengen.

'Ik denk dat hij rond de middag pas zal komen, met deze mist. Maar blijf voor de zekerheid toch maar op je kamer. En wees alsjeblieft stil.'

Ik zweeg. Ik wist inmiddels al wat er van me verwacht werd. Moeder sloot de gordijnen en trok de deur achter zich dicht.

Ik stond op, trok voor de spiegel mijn nachtjapon uit en stapte uit mijn slipje. Daar stond een bloot meisje met een klein gezicht en een hele bos donkerblonde krullen eromheen, die geen enkele haarborstel de baas kon. Moeder wilde niet dat ik het kort knipte. Smalle, groene ogen, een wipneus vol zomersproeten, een grote mond, een spitse kin. Lange, pezige benen vol schrammen en blauwe plekken.

Daar was Vincent, hij kwam over mijn schouder meekijken.

'Vind jij mijn borsten te klein?' vroeg ik.
'Je bent zestien. Ze zullen nog groeien.'
'Ja dus.'
'Dat heb ik toch niet gezegd?'
'Vind je me mooi?'
'Ja.'
'Zo mooi als dat meisje dat we toen in het bos gezien hebben?'
'Zij was ouder.'
'Die jongen kuste haar, weet je nog? En zijn handen daar.'
'Ja.'
Ik pakte Vincents hand.
'Hier zo. Weet je nog? Is daar wel genoeg haar? Hoort dat zo?'
'Ik denk het wel. Je bent lekker warm.'
'Ik hou van je, Vincent.'
'Ik ook van jou, Nanou. Wat wil je dat ik doe?'

Even later ging ik aan mijn tafeltje zitten en smeerde een boterham. Goh, wat haatte ik deze maandagen; zonder Vincent zou het helemaal de hel zijn.

Leo

Het maakte niet uit of ik mijn ogen dicht- of opendeed. Ik zag geen hand voor ogen. Letterlijk. Even was het raar, daarna alleen maar eng. Het leek wel of ik niet bestond. Geen idee hoe laat het was. Het holst van de nacht, dat moest wel. Het was doodstil. Op de tast zocht ik naar het stompje kaars, de lucifers. Licht. En eindelijk iets echt warms. Ik staarde in het dansende vlammetje, hield er mijn handen omheen en plots hoorde ik mezelf smeken om hulp. Amper hoorbaar prevelde ik telkens opnieuw hetzelfde zinnetje. Ik sloeg geen kruis. Ik noemde geen grote namen. En toch kon je wat ik deed alleen maar bidden noemen. Iets wat ik nooit gedaan had. Nooit. En toch, daar, op die verlaten plek, kon ik niet anders. En het bracht me troost. Ik blies het kaarsje uit, verborg de lucifers weer in de kist en trok voorzichtig mijn sok aan, want mijn voet was ondertussen zo koud als ijs.
Ogen open.
Ogen dicht.
Ogen open.
Dicht.
Toen ik ze opnieuw opende, was het licht. Had ik dan toch geslapen? Het was koud en nat die ochtend.

Met een brok in mijn keel dacht ik aan thuis. Ons grote, gezellige huis in een buitenwijk van Parijs. Ik zag mijn ouders en mijn zus aan het ontbijt zitten op ons terras, de tafel rijkelijk gedekt met croissants, stokbrood en zwarte koffie. De zon die het water van ons zwembad liet schitteren. O, wat had ik er niet voor gegeven om nu bij hen aan tafel te zitten! Maar nee, ik moest zo nodig op avontuur. Ik had genoeg van die burgerlijkheid. Volgend jaar zou ik aan de universiteit beginnen. Terug naar België.

Na al die jaren voelde ik me meer Fransman dan Belg maar vader vond dat ik beter in Brussel kon gaan studeren. 'Zorg dat je niet vastroest,' zei hij. 'Verandering is goed.'

Hij zou wel gelijk hebben. Toen hij die baan in Parijs aannam, was ik acht. Tranen met tuiten heb ik gehuild. Tot hongerstaken toe. 'En mijn vrienden dan?' had ik geschreeuwd. 'Je vindt er wel nieuwe,' was zijn antwoord. Ik zat pas twee weken op de Europese school, toen David bij me in de klas terechtkwam. Net zo kwaad als ik. Bij hem was het zijn moeder die zo nodig carrière wilde maken. Zo blij was ik dat hij uit Vlaanderen kwam, maar na een paar maanden spraken we alleen nog Frans met elkaar. David zou in Parijs gaan studeren. Ik wilde nog één keer met hem de hort op. En nu lag ik hier.

Ik had de fut niet meer rechtop te gaan zitten, hoewel ik diep vanbinnen wist dat ik niet mocht opgeven. Ik moest volhouden. Eens zou er hulp komen. Dat moest.

Het hielp niet. Ik voelde hoe alle kracht en hoop uit me wegvloeiden, alsof iemand een ventiel had opengedraaid. Ik was op. Ik had pijn. En honger.

David

Met een slakkengangetje reed ik de haarspeldbocht in. De kleine Citroën van Anna protesteerde heftig tegen de tweede versnelling, waarin ik de motor dwong. Het zweet parelde op mijn voorhoofd, ik tuurde door de dichte mist en probeerde geen aandacht te schenken aan de afgrond die onzichtbaar maar des te dreigender achter de vangrail gaapte. Achter me was een hele rij ongeduldig bergvolk ontstaan die me bij de minste gelegenheid met een vervaarlijke snelheid inhaalde. Mist of geen mist, ze reden als gekken. Een lijnbus toeterde voor hij de bocht in ging, de weg glom als een spiegel en ik kon amper de witte lijnen onderscheiden.

Op van de zenuwen was ik, maar ik moest die berg af. De campingbaas had me aangeraden naar de politie te gaan. In het dal. En hier reed ik nu, na nog een slapeloze nacht in die stomme tent. Ik voelde me schuldig, omdat ik de zoektocht zo snel had opgegeven.

Er kwam geen einde aan die asfaltweg en het kruis met plastic bloemen dat plots spookachtig uit de mist opdoemde, droeg ook niet bij tot een gerust gemoed.

Met een zucht van verlichting draaide ik uiteindelijk het dorp in, haalde mijn verkrampte voet van het rempedaal en het enige waaraan ik kon denken, was dat ik straks weer terug moest.

In het politiebureau was het stil en verlaten. Er was een kamertje met twee bureaus achter glas waar een computer verveeld zijn screensaver over het scherm liet dwalen.

'Hallo?' probeerde ik.

Ik hoorde gestommel achterin. Een lange, dunne man in uniform kwam naar me toe en schoof het glazen paneeltje open.

'Ja?'

Hij had een koffievlek op zijn politiehemd, waarvan de mouwen net te kort waren.

'Mijn vriend is vermist. Al twee dagen. Hij trok de bergen in en is nog steeds niet terug.'

De politieman keek me een ogenblik star aan met zijn kleine, grijze ogen, wees al naar de deur die toegang verschafte tot het kantoortje, maar het duurde nog even voor hij zei: 'Kom maar binnen, dan kijken we wat we kunnen doen.'

Nanou

Het ronkende geluid van de quad kroop de helling op. Ik dook onder mijn donsdeken en hield me muisstil, Vincent kwam naast me liggen. We trokken de deken over onze hoofden en lagen warm en broeierig naast elkaar.
'Hij is er,' fluisterde ik.
'Heeft je moeder veel besteld?'
'Net als anders, geloof ik.'
Michel was een stem. En voetstappen. En gesnuif, gelach, gebrom, gezucht. Hij was een geur die in huis achterbleef. Het vel dat om al die geluiden zat, kende ik niet. Ik had hem nog nooit gezien.

We luisterden naar zijn zware bas, die luider en stiller klonk al naargelang hij binnen of buiten was, op en neer lopend met de boodschappen.
Ik hoorde hoe moeder hem koffie inschonk. Lepeltjes tikten tegen porselein. Ze praatten over de mist en de toeristen. En over de volgende bestelling.
'God, ik zou het haast vergeten, ik heb een brief voor je, uit Dijon.'
Ik spitste mijn oren. We kregen nooit post. Michel bracht af en toe wat catalogi mee waaruit mijn moeder

dan kleding of huisraad bestelde, maar een brief? Nooit.
'Een brief,' fluisterde Vincent in mijn oor. 'Van wie dan wel? Ken je iemand in Dijon?'
'Tante Lucie, de zus van mama. Ik heb haar alleen maar op een foto gezien. Een oude, van toen Charlotte nog een baby was.'
'Ssst, hij staat op.'
We hoorden het geschraap van de stoel die achteruitgeschoven werd, het gepiep van de deur.
'Zou hij het weer zeggen?' grinnikte Vincent.
'Hij zegt het altijd.'
'Ik weet niet hoe je het volhoudt, Monique. Al die jaren alleen op deze berg. Die bosweg wordt met het jaar slechter en met de winter voor de deur... Een huis in het dal zou toch veel oplossen? Voor mij ook, trouwens.'
Zijn lach ging over in een hoestbui en een moment later hoorden we de quad starten.
'Tot over twee weken,' riep hij boven het geknetter van de motor uit. 'Ik kan je niet beloven dat ik die twee gasflessen in één keer hier krijg, maar ik zal mijn best doen!'
'*Salut*, Michel. Bedankt.'
Ik wachtte tot het ronkende geluid helemaal was weggestorven en verliet opgelucht mijn kamer.

De keuken stond vol dozen en tassen. Moeder liep net de trap af naar de voorraadkelder, waar het donker en koel was. Ik grabbelde gauw wat blikken bij elkaar en ging haar achterna.
'Een brief, mama? Van tante Lucie?'
Ik zette alle blikken netjes op de planken die de hele wand van de kelder in beslag namen.
Ze knikte stuurs.

'Wat staat erin?'
Moeder liep de kelder weer uit. Nerveus begon ze een nieuwe lading boodschappen in haar armen te stapelen.
'Ze moet geopereerd worden. Binnenkort. Niets ernstigs, maar ze vraagt mij om hulp. Ze wil dat ik langskom. Om het huishouden te doen terwijl ze herstelt, haar wat te verzorgen. Maar ja, dat gaat niet.'
'Waarom niet?'
'Ik kan jou hier toch geen twee weken alleen achterlaten? Geen sprake van.'
En ze verdween weer in de kelder.
Weer ging ik haar achterna, deze keer met een loodzware zak aardappelen.
'Dat kan ik best, mama. Ga maar. Je hebt je zus al zo lang niet gezien. Ze heeft je hulp nodig. Ik red me wel,' zei ik luchtig en ik kieperde de aardappelen in een grote, houten kist.
'Nee, Nanou. Het is te gevaarlijk. Ga nu maar even een luchtje scheppen. Je hebt al te lang binnen moeten zitten. Ik doe de boodschappen wel.'
Ik wist dat er nu niet meer met haar te praten viel. Ik zou het later wel proberen. Het leek me zalig twee weken op mezelf te zijn.
Buiten zat Vincent op me te wachten.
'Mag je het bos in?'
'Ja, even. Gaan we naar het hol?'
'Oké, dat is lang geleden.'

Leo

Een trol met één been. Een slang in een boom. Een olifantenkop.
Ik staarde naar het grillige plafond van mijn onderkomen. Als je lang genoeg keek, zag je de vreemdste figuren verschijnen.
Een geluid. Een nieuw geluid. Wat was dat? Niet te snel hopen, Leo. Vorige keer was het ook een rat of een eekhoorn. Ik ging overeind zitten en luisterde met ingehouden adem. Voetstappen? Nee, dat kon haast niet. Ik luisterde opnieuw. Aandachtiger.
Geritsel van bladeren, een tak die kraakte...

Nanou

Het hol onder de rots had ik per toeval ontdekt. Jaren geleden al. Het was slechts een kleine opening, die uitkwam in een spelonk. Met een touw was ik voorzichtig afgedaald. Het was de ideale schuilplaats, kilometers van de wandelpaden verwijderd en haast onzichtbaar. Vincent en ik brachten er uren in door. Toen ik kleiner was, speelden we er vadertje en moedertje. Ik vond het fijn de grot gezellig in te richten en smokkelde eten mee. Het was er altijd vochtig en kil, dus ik legde er een deken neer, waar we samen onder kropen. Een oude legerkist die ik in het bos vond, sleepte ik tot aan de opening. Ze kon er maar net door en het maakte een hels lawaai toen ze op de bodem terechtkwam. Ik wist dat ik ze er nooit meer uit zou krijgen. Ik was zo opgetogen over deze schuilplaats dat ik het touw altijd met me meenam. Niemand mocht weten dat het hol er was. Als ik wegging, legde ik steeds twijgen over de opening, met bladeren eroverheen. Een keer vond ik een uitgehongerd konijntje dat in de val was getrapt. Ik gaf het te eten tot het weer op krachten was gekomen, en sindsdien gebruikte ik stevigere takken.

Ik vond het fijn om naast Vincent op de deken te liggen

en te luisteren naar de geluiden van het bos. Nergens voelde ik me zo veilig als op dat plekje onder de aarde.

Ik zag meteen dat er weer een dier door de takken was gevallen. De ingang gaapte me als een open mond aan. Vincent zag het ook.

'Het moet wel een vos zijn,' zei hij. 'Een konijn is te licht.'

Ik knikte, knoopte het touw stevig aan de boom bij de ingang en gooide het naar beneden. Op datzelfde moment hoorde ik iets wat me haast deed flauwvallen van angst.

Leo

'Help me. Alsjeblieft! Ik ben gevallen! Help me!'
Op hetzelfde moment dat het touw naar beneden kwam, begon ik te schreeuwen. Ik sprong overeind zonder de pijn te voelen en hinkte naar het touw.
'Help me! Help me!'
Ik trok het touw strak en tuurde de hoogte in, maar ik zag niks. Ik hoorde niks.
Ik had diegene die het touw gegooid had, vast afgeschrikt met mijn geschreeuw. Kinderen dus. Wat ik al gedacht had. Ze schrokken zich natuurlijk een ongeluk, dachten misschien dat ik een of ander monster was. Zo rustig mogelijk probeerde ik het opnieuw.
'Hallo? Is daar iemand? Je hoeft niet bang te zijn! Ik ben hierin gevallen. Mijn voet is gebroken. Alsjeblieft! Ga je moeder of vader halen. Alsjeblieft! Antwoord me!'

Nanou

Bevend van de schrik zat ik met mijn rug tegen de rots gedrukt en luisterde naar het wanhopige geschreeuw. Ik kon niet meer bewegen, ik kon niet meer denken. Plots pakte Vincent mijn hand en sleurde me het bos in, de helling op. We liepen tot aan de rivier en gingen hijgend op een rots zitten.

'Wie was dat?' zei Vincent.

We waren helemaal van slag.

Ik keek steeds achterom, alsof hij elk moment achter ons aan zou komen.

'Ik weet het niet! Hoe komt hij daar? Er komt nooit iemand in dat bos!'

'Verdwaald waarschijnlijk.'

'Ja.'

'Hij is gewond. Heb je het gehoord? Hij zei dat zijn voet gebroken was.'

'Ja. Het touw! Het touw hangt er nog! Straks komt hij eruit en ziet hij ons!'

'Nanou, we zijn ver weg. En met een gebroken voet klim je geen zes meter omhoog.'

'Ja. Je hebt gelijk. Wat moeten we doen, Vincent? Wat moeten we nu doen?'

Hij zweeg. Ik staarde naar het ruisende water. Verbaasde me erover. Hoe kon het daar zo onbezorgd blijven stromen, net als voorheen? Niets zou ooit nog hetzelfde zijn. Ik rilde even en had zin naar huis te gaan en te doen alsof er niks gebeurd was.

'Je kunt hem daar niet laten stikken,' besliste Vincent.

'Nee, dat weet ik ook wel. Maar ik kan me niet laten zien. Ik kan geen hulp gaan halen.'

'Je kunt het tegen je moeder zeggen. Zij kan hulp halen.'

'Ja. Maar dan kan ik het vergeten ooit nog één voet buiten te zetten. Dan sluit ze me voor altijd in mijn kamer op.'

Weer zwegen we een hele poos.

'Ik moet het touw weghalen,' besloot ik.

Leo

Ik werd gek van angst en onzekerheid. Waar waren ze? Ik hoorde niks meer. Alleen het touw was het bewijs dat ik niet gedroomd had. Het moesten wel kinderen geweest zijn. Een volwassene had me toch geholpen? Had me tenminste even toegesproken?

Mijn hoofd duizelde en ik ging langzaam zitten zonder het touw los te laten, dat ik stevig vastklemde als was het mijn laatste strohalm.

Het touw.

Ik trok me weer overeind, ging er even aan hangen en trok me moeizaam op, steun zoekend met mijn goede voet. Meteen smakte ik met mijn schouder tegen de rotswand aan, mijn gekneusde elleboog zat vastgeklemd, ik schreeuwde, verloor mijn houvast en gleed naar beneden, waarbij mijn gebroken voet met een verscheurende pijn de grond raakte. Het werd een ogenblik zwart voor mijn ogen.

De pijn was in alle hevigheid teruggekeerd en de angst die toen koud over me heen kroop was zo immens dat ik niet anders kon dan huilen. Op dat moment wist ik dat ik daar zou sterven. Daar in dat donkere hol onder de grond. Misschien mochten die kinderen helemaal niet zo diep het bos in gaan. Het tegen hun ouders zeggen zou hun geheim verraden. Ik kon het vergeten. Het was gebeurd met mij.

Snikkend van ellende legde ik mijn hoofd op mijn knieën. Ik kon niet meer. Ik kon echt niet meer.

Nanou

Heel voorzichtig sloop ik naar de boom, zonder ook maar één geluid te maken, en ik zorgde ervoor dat mijn schaduw niet over de opening viel. Langzaam begon ik de eerste knoop los te maken, toen ik plots gesnik hoorde. Eerst zachtjes, toen luider. Ik had nog nooit iemand anders dan mezelf horen huilen. Moeder huilde nooit. Ze zei altijd dat ze al haar tranen had opgebruikt.

Het klonk zo intriest. Ik bleef geïntrigeerd luisteren naar al dat verdriet dat uit de aarde naar boven kwam en opeens voelde ik tranen warme strepen trekken over mijn eigen wangen.

Van achter een boom zag ik Vincent gebaren dat ik moest voortmaken. Ik veegde mijn tranen weg en maakte de knoop los. Heel langzaam wilde ik het touw inhalen, maar na de minste beweging voelde ik meteen een felle weerstand en voor ik het wist werd ik aan het touw meegesleurd tot aan de ingang. Net op tijd liet ik los. Ik lag verstijfd van angst boven de opening en keek in het vuile gezicht van een jongen. Hij staarde me al even verbaasd aan terwijl het touw slap naar beneden viel. Een hoofdwond, opgedroogd bloed, halflange zwarte haren en donkere ogen, zo vol angst dat ik weer tot mezelf kwam en haastig overeind krabbelde.

'Hé! Meisje! Laat me niet alleen! Alsjeblieft! Laat me niet alleen!!'

Ik rende weg, zo hard ik kon, ik zag steeds weer die ogen voor me en schudde met mijn hoofd om dat beeld kwijt te raken. Ik rende en rende, ontweek boomstronken, bukte me onder takken door, sprong over kleine beekjes... mijn hart bonkte pijnlijk tegen mijn ribben en toen struikelde ik en viel languit op de grond. Angstig keek ik achterom.

Vincent.

'Wat was dat allemaal?'

Ik kwam moeizaam overeind.

'Hij trok. Hij trok me haast naar binnen! Dan hadden we allebei vastgezeten!'

'Je bent het touw kwijt.'

'Ja.'

Vincent kwam naast me zitten.

'Je bloedt,' zei hij en hij wees op mijn elleboog.

'Het was een jongen nog. En hij zag er net zo bang uit als dat konijntje.'

Plots viel me iets te binnen.

'Leo.'

'Wat Leo?'

'Hij heet Leo. Weet je nog, die andere jongen over wie ik vertelde? Die met zijn koperhaar? Hij zocht hem. Die jongen is verdwaald en in onze grot terechtgekomen. En dat is mijn schuld. Hij zag de opening niet.'

'Dat is niet jouw schuld. Ze moeten op de paden blijven.'

'Ik moet naar huis. Ik ben al veel te lang buiten. Moeder zal zich afvragen waar ik blijf.'

'Ik ga ook. Ga je er morgen weer heen?'

'Ik ben bang, Vincent.'

'Als je gaat, ga ik mee.'

David

De agent gaf me de hoorn en knikte me bemoedigend toe. Ik twijfelde even, maar besloot het hun in het Nederlands te vertellen.
'Inge...'
'David? Wat is dat allemaal? Wat is er gebeurd? Waar is Leo? Waarom was jij niet bij hem?'
Ik hield de hoorn een eindje van mijn oor. Leo's moeder flipte. De smalle had het haar toch net uitgelegd? Wat kon ik nog meer zeggen?
'Inge, Leo is een tocht gaan maken en is niet teruggekomen. Ik ben nog gaan zoeken...'
'Waarom ben je niet meteen naar de politie gegaan? Waarom bel je nu pas? Waarom moeten we het van de politie horen?'
God, dat mens werd hysterisch! En dat was meteen ook de reden waarom ik niet eerder had gebeld. Leo's moeder was een stresskip, sowieso, het leek me geen goed plan haar te bellen voor het zeker was dat er iets mis was. Leo zou het me nooit vergeven als ik haar voor niks ongerust had gemaakt. Hij zou tot het einde der dagen te horen krijgen dat hij beter moest nadenken en niet zulke risico's mocht nemen. Nu zat hij toch in de penarie.

Ik hoorde Leo's vader op de achtergrond, een moment later had ik hem aan de lijn. Hij was als altijd de rust zelve.
'David? We komen. We zijn nu bij familie in België. Morgen zijn we er.'
'Ik kon er niks aan doen, Dirk, je kent hem, hij wilde die berg op. Alleen.'
'Ik weet het, David. Maar ze moeten hem gaan zoeken. Nu. Misschien is hij gewond. En zijn gsm?'
'Geen bereik. We zitten hier in the middle of nowhere!'
De smalle voor me fronste zijn wenkbrauwen en gebaarde dat hij de hoorn terug wilde.
'Mijnheer, agent Renaud hier, we zetten meteen ons reddingsteam in. We vinden hem wel. Die foto mag u doormailen. Ja, uw vrouw heeft... ja... goed... ja... tot morgen dan, Bernard Renaud, ja. *A demain*.'
Ik zuchtte. Een andere agent was druk in de weer met telefoneren en faxen. Hij was klein en dik, zijn kale kop blonk als een biljartbal. Dit tweetal moest dus mijn vriend zien te redden? De dikke en de dunne.
'De mist trekt op. Over een uur staat het team op de camping, als jij hun dan duidelijk kunt uitleggen welke route jouw vriend heeft genomen?'
Ik knikte.
'Wil jij misschien ook naar huis bellen?'
Fuck. Daar had ik niet eens aan gedacht. Ik schudde mijn hoofd. Ma zat bij oma in Oostende, bakken en braden op het strand, niet nodig haar nodeloos ongerust te maken.
'Ik ben oké, *merci*.'

Leo

Verbijsterd staarde ik van het touw in mijn handen naar boven en weer terug. Ik had een meisje gevangen, als was het een grote snoek. Een moment hadden we elkaar aangekeken. En toen was ze weg. Ik kon er met mijn verstand niet bij. Waarom had ze het touw losgemaakt? Waarom hielp ze me niet? In plaats van me hoop te geven had ze me alleen nog onherroepelijker in dat hol vastgezet. Waarom?

Ik besloot bij de ingang te blijven zitten, alleen al omdat ik de moed niet had om me terug naar de hoek te slepen. Maar ook om niks te missen van eventuele beweging daarboven. Uren zat ik met ingehouden adem te luisteren. Elk geritsel, gekraak of gekreun van takken had ik gehoord. Achter elk geluid zocht ik een betekenis. Mijn nek deed pijn van zo lang omhoog te kijken. Ik had de hele dag niks gedronken. Het begrip honger schoot tekort om de leegte in mijn lijf te beschrijven. Ik duizelde en zag zwarte vlekken voor mijn ogen dansen. Het touw had ik nog steeds in mijn handen.

Het schemerdonker buiten neigde al naar het duister in de grot toen ik besloot om nog een laatste poging te wagen. Draaierig stond ik op, verloor mijn evenwicht en zocht steun tegen de koude wand. Mijn hart klopte in mijn sok. Langzaam woog ik het touw in mijn hand, de ruwheid prikkelde mijn palmen toen ik de juiste greep zocht. Met één beweging slingerde ik de knoop naar boven, zag meteen dat het niet hoog genoeg was en boog opzij om het vallende touw te ontwijken. Onverhoeds zocht ik steun op mijn gebroken voet.

En toen ging het licht uit.

Nanou

Moeder vond het gek dat ik zo vroeg naar bed wilde. Natuurlijk sliep ik niet. Ik kon de blik van die jongen maar niet uit mijn hoofd krijgen. Leo.
Alles in me schreeuwde dat ik hem moest helpen. En al even luid galmde het in mijn hoofd dat ik zo ver mogelijk van hem vandaan moest blijven.
Ik bestond niet.
Tot die dag bestond ik niet.
Op het moment dat hij in mijn ogen keek, werd ik geboren. Moeder had me dit mijn hele leven ingeprent: 'Als de mensen niet weten dat je leeft, kunnen ze je ook niet doden.'
Maar in zijn ogen zag ik angst. En wanhoop. Hoe kon hij gevaarlijk voor me zijn?
Ik hoorde moeder stommelen in de kamer naast me, het gekraak van de springveren. Na een hele poos kwam ik uit bed en loste ik op in de schaduw van de nacht.
Ik vulde een jutezak met brood, een restje worst, een fles melk en een bokaal peren op sap. Ik ontweek de krakende vloerplanken, glipte door de deur en zocht in het schuurtje nog een touw en een haak bij elkaar. Zita suste ik met een stuk van de worst en een aai over zijn ruwe

kop. Het was na middernacht. Het donkere bos omarmde me als een oude bekende, als vanzelf vond ik de weg en mijn geluiden werden een onderdeel van het sluimerende woud. Mijn gehijg, het suizen van mijn bloed, de zak die telkens tegen mijn rug sloeg.

Zo stil mogelijk naderde ik de grot, ging op mijn buik liggen en sloop naar de ingang. Even lag ik stil te luisteren. Niks. Op het moment dat ik de grot in keek, kwam de maan achter een wolk tevoorschijn. Haar bleke licht viel op het gezicht van de jongen. Hij sliep en ik herademde.

Langzaam haakte ik het touw met de haak door het jute en liet de zak behoedzaam dalen.

Was dit wel slapen?

Voorzichtig liet ik het proviand op zijn buik neerkomen, tilde het weer op en liet het weer zakken... geen reactie. Ik trok de haak los en haalde het touw weer op. De aardappelzak schoof van zijn buik af. Geen krimp.

'Leo?' fluisterde ik.

'Leo?' Nu wat harder.

Ik deed het haast in mijn broek van angst.

'Leo, alsjeblieft?'

Zijn hoofd bewoog! Ik slaakte zacht een gil, sprong op en rende weg.

Leo

De volle maan scheen door het bladerdek.
Mijn hoofd.
Mijn voet.
Mijn naam.
Was het een droom?
Naast me lag een zak. Hij rook naar de wereld buiten de grot. Het meisje?
Langzaam liet ik mijn hand in de zak verdwijnen, mijn vingers hapten hongerig in de zachte korst, ik proefde het brood voor ik erin beet.
Mijn mond kon het niet geloven, mijn tanden waren het bijten verleerd. Onbeheerst scheurden ze stukken van de homp, mijn maag eiste de brokken op. Gekauwd of niet. Heel mijn lijf wilde dat brood. Nu. Nu. Nu.
Uitgeput leunde ik tegen de wand. Ik had geen adem meer. Snikkend hield ik de zak stevig in mijn beide handen. Frommelde de ruwe stof opnieuw en opnieuw in mijn vuisten.
Voor later. De rest is voor later.

DINSDAG

David

Knalrood was ik. Daar had ik geen spiegel voor nodig. Zelfs mijn oren gloeiden. Konden ze ophouden met naar me te staren? Alsof ík Leo in een afgrond had geduwd! O, wat waren ze stoer, met hun fluorgele jassen, helmen en walkietalkies. Hun honden als standbeelden aan hun voeten. En allemaal keken ze me aan met een blik die zei: Ons had je moeten bellen. Meteen. Stommeling.
En zo voelde ik me ook. Vandaar die rooie kop.
Schuchter wees ik naar de top die Leo zou doen. Die daar, dacht ik. Nee, ik wist geen naam. Waarom moet een hoop stenen ook een naam hebben?
'Er is een berghut.'
Meteen begonnen ze door elkaar te praten. Ik werd vergeten. Goed, dan kon ik wat afkoelen. Mijn normale kleur terugkrijgen, die is al rood genoeg. Geërgerd keek ik naar het campingvolk dat zich rond het reddingsteam verzamelde. Stelletje ramptoeristen.
Een grote man met een bundel blauw-roze klimtouw over zijn schouder haalde zijn gsm uit een van de vele zakken van zijn broek. In een andere had hij net een paar sokken van Leo gepropt. Voor de honden.
Ik kon het gesprek niet goed volgen. Met wie belde hij?

Tevreden stak hij zijn telefoon weer in zijn broekzak en keek me aan. Hij had een grote bruine snor die op en neer bewoog als hij sprak.

'Je vriend is op de top geweest. Christian heeft hem nog aangeraden snel af te dalen.'

'Christian baat de hut uit als er gasten zijn,' legde de campingbaas uit, die naast me was komen staan. 'Maar hij is ook teruggekomen. Er zijn niet veel reserveringen. Hij heeft die avond nog bij me aan de toog gezeten.'

Ik knikte. Leo had de top gehaald. Ik had het altijd geweten.

'Het onweer zal de sporen van die dag uitgewist hebben,' zei de snor. 'Maar als hij zich daarna nog verplaatst heeft, zullen de honden hem wel vinden. Jij blijft hier,' zei hij nog tegen mij.

Alsof ik het in mijn hoofd zou halen die berg nog eens op te klauteren. Ik was niet gek.

Een man of twintig verzamelde zich rond een stafkaart waarop met kleuren gebieden waren gemarkeerd. En toen vertrokken ze, druk pratend, enkele honden aan de lijn.

Ik slaakte een zucht van verlichting. Nu kwam alles gauw in orde.

Nanou

Moeder zat met haar hoofd in de keukenkast. Deur dicht. Weer open. Weer dicht. 'Ik ben er zeker van dat ik nog een brood had. We hebben toch gisteren gebakken?'
'Dat was eergisteren,' loog ik van achter mijn boek.
Ik was verdiept in een van de weinige boeken die we in huis hadden. Moeders studieboeken, van toen ze nog verpleegster was. Voor ze papa leerde kennen. Ik las ze al sinds mijn elfde, uit gebrek aan beter. En kende ze volledig uit mijn hoofd.
Moeder mompelde wat. Keek in een kast waarin nog nooit brood had gelegen.
'Ik zal bakken, mama,' zei ik toegeeflijk en ik legde het boek weg.
Ze stak haar handen in haar schort. Er verscheen een denkrimpel boven haar neus. Toen schudde ze zuchtend haar hoofd en haalde de zak meel uit de kelder.
Ik hielp de hele dag met klusjes. Zonder morren. Groenten inmaken, de keukenvloer schrobben, de koeienstal uitmesten.
In de late namiddag hing ik was aan de lijn. Vincent dook achter een laken op.

'Je bent er alleen heen geweest?'
'Ja, vannacht. Ik moest. Even dacht ik dat hij dood was.'
'Zou hij alles opgegeten hebben?'
'Ik weet het niet. Ik wil straks gaan kijken. Ga je dan mee?'
'Nanou? Met wie praat je daar?'
Moeder keek de tuin in, haar hand boven haar ogen. Ik zette de lege wasmand op mijn heup en liep langs haar naar binnen. De deur was te smal voor de mand, moeder en mezelf. We moesten wrikken.
'Nanou? Praat je weer met die Vincent? Ik heb toch duidelijk gezegd dat ik het niet wil?'
Ik zweeg. Waste een bord af dat al afgewassen was.
'Ik wil het niet, Nanou.'
Ik zette het bord in het afdruiprek en droogde mijn handen aan mijn T-shirt.
'Ga maar even naar je kamer.'
'Maar... ik wilde nog naar buiten.'
'Straks misschien.'

Boos sloeg ik de deur van mijn kamer dicht en ging op bed zitten mokken. De zon viel naar binnen door het kleine raam en tekende een schaduwkruis op de plankenvloer. Een dikke bromvlieg botste zoemend tegen het glas.
Mijn hoofd zat te vol. Vol Leo. Snapte mama dan niet dat ik Vincent nodig had? Ik moest met hem praten. Alleen zo raakte mijn hoofd weer leeg. Alleen zo raakte ik van dat beklemmende gevoel af dat zich in mijn maag nestelde.
Ik zat er wel een uur. Zonder Vincent.
Stijf kwam ik het bed uit. In de gangkast zocht ik naar

pijnstillers. Er stonden nog twee dozen, Michel had net nieuwe gebracht. Voor moeders hoofdpijn, voor mijn buikpijn, eens in de maand. De ene doos was nog niet open. De andere was halfleeg. Ik moffelde een strip pillen in mijn broekzak en ging naar de keuken.
'Ik heb honger.'
'Je kan de boontjes doppen.'
Ik zuchtte. Nooit eens gewoon eten. Altijd eerst werken. Ik dopte de boontjes, schilde de aardappelen, bakte de kip. Ik wilde er niet aan denken welke kip het geweest was. Ik zou het morgen wel zien, als ik de eieren raapte. De geur van bloed nog in de ren.
Na het eten werd ik pas echt nerveus.
'Wat heb je toch?'
'Ik wil naar buiten.'
'Je hebt de halve dag buiten gewerkt.'
'Ik wil naar buiten om niet te werken. Snap je dat dan niet? Er is toch niemand meer, straks wordt het donker.'
'Gaat Vincent met je mee?'
Ik schudde mijn hoofd, keek naar mijn bord.
'Ik weet dat ik je niet kan tegenhouden, Nanou. Maar hij is niet goed voor je. Praat met mij. Ik ben er toch?'
'Hij is weg,' zei ik resoluut en ik schoof mijn stoel achteruit. Nu wegwezen, voor ze me aan de vaat zette.
'Niet te laat.'
Ik was al buiten.

Vincent wachtte me op aan de bosrand.
Hij zag het meteen.
'Ging het over mij?'
Ik knikte.
'Ik ben je enige vriend, Nanou. Je kunt niet zonder me.'

'Dat weet ik.'
'En ik niet zonder jou.'
Zwijgend liepen we samen door het schemerige woud. Hij zocht mijn hand, kneep eens in mijn vingers.

'Blijf jij maar hier,' fluisterde ik tegen Vincent en ik duwde hem zachtjes tegen de rots aan. 'Ik ga kijken.'
Op mijn buik sloop ik naar de ingang. Nog voor ik kon binnenkijken hoorde ik: 'Meisje?'
Het klonk zacht. En lief.
En verschrikkelijk, want in dat ene woord lag al zijn hoop. Zijn laatste hoop. En daar werd ik ongelooflijk bang van.

Leo

'Nanou.'
Ik zag haar niet. Was zij het? Wat zei ze?
'Wat zeg je?'
'Nanou.'
'Nanou. Je heet Nanou?'
'Ja.'
'Ik ben Leo. Leo Stas.'
Ik moest voorzichtig zijn. Niet beginnen te ratelen. Niet alles tegelijk. Waarom liet ze zich niet zien? Ze moest bij me blijven.
'Was het lekker?' Haar stem klonk een beetje schor. Er zat veel lucht bij. Ik bleef maar naar boven turen, de schemering in.
'Ja. Heel lekker, bedankt.'
'Heb je pijn?'
'Ja. Mijn voet is gebroken.'
Over mijn hoofdwond zweeg ik, over mijn stijve elleboog ook. De rest van mijn schrammen en builen waren het vermelden niet waard.
Daar was ze.
Door het tegenlicht zag ik haar gezicht niet, alleen een hele bos krullend haar, ze stak haar arm naar me uit en

er ontsnapte een lach uit mijn mond. Dacht ze me met één hand te kunnen redden? Zag ze niet hoe diep het was?
'Hier.'
Toen pas had ik door dat ze me iets wilde geven. En dat ze me hier niet uit zou halen. Bijna werd ik kwaad.
Er viel een strip pillen voor mijn voeten.
'Tegen de pijn.'
'Dank je.'
Er viel weer wat licht naar binnen, ze krabbelde terug.
Nee!
Ze moest blijven.
'Nanou. Blijf nog even. Alsjeblieft.'
Ik probeerde de paniek uit mijn stem te weren.
Haar beweging stokte.
'Ben je alleen?'
'Nee.'
'Wie is er dan bij je?'
'Mijn vriend. Vincent.'
'Staat hij daar naast je?'
'Ja, even verderop.'
'Kunnen jullie me er niet samen uit trekken? Ik heb het touw nog.'
'Morgen kom ik weer eten brengen.'
En weg was ze.
Wat scheelde er aan dat wicht? Waarom liet ze me hier zitten?
'Nanou?!!'

Nanou

Zijn stem achtervolgde me. Mijn naam klonk splinternieuw. Oorverdovend huppelde hij tussen de bomen door. Dat hij toch zijn kop hield!
Vincent keek nors.
'Je hebt onze namen genoemd.'
'Weet ik. Stom.'
'Als ze hem nu vinden...'
'Dan moeten wij zorgen dat ze hem niet vinden.'
'Misschien zoeken ze al niet meer.'
'Of moeten ze nog beginnen met zoeken.'
'Je moet oppassen, Nanou.'
'Weet ik.'
Ik kon opeens niet meer. Ik bibberde over mijn hele lichaam, zakte door mijn knieën en vond een boom om mijn hoofd tegen te leggen. Ruwe schors, de geur van mos.
'Gaat het? Kom hier.'
Ik kroop in Vincents armen.
'Hou me vast, Vincent. Hou me vast. Ik wil dat je me vasthoudt!'
Maar zijn omhelzing hielp niet.
Boos stond ik op.

'Ga weg!' schreeuwde ik. 'Rot op! Ik heb niks aan je. Niks!'
Ik liet hem achter in het bos, beende met grote passen naar huis, veegde verwoed mijn tranen droog en ging rechtstreeks naar mijn kamer.
Snikkend kroop ik in bed, trapte mijn schoenen uit. Twee ploffen op de vloer.
Daar was moeder.
'Nanou? Wat is er? Ben je nog boos?'
'Laat me met rust. Ik wil slapen.'
De deur ging dicht.
Ik wilde niet slapen.
Ik wilde huilen.
Heel mijn lichaam draaide in de knoop.
Mijn verstand was vervelend opdringerig. Ik luisterde er niet naar, want ik voelde dat dit niet goed kon zijn.
Ik voelde het tot in mijn tenen.
Ik moest mijn eigen waarheid zoeken, mijn lijf weer rust geven. Dit was niet vol te houden.
Ik was oud genoeg om zelf uit te maken wat goed voor me was. En als moeder gelijk had, dan was dat maar zo. Dan ging ik maar dood.
Dat ging ik nu ook al.

En toen werd het eindelijk rustiger in mijn hoofd. Ik sluimerde een hele poos, me toch bewust van elk geluid, en opende mijn ogen toen moeder sliep.

Even later liep ik weer door het bos. De EHBO-koffer lichtte wit op in het donker. Mijn broek zakte af door het gewicht van de appels en de koeken die ik in mijn zakken had gepropt, de olielamp zou ik daar pas aansteken. Het was koud en nevelig. Geen zuchtje wind. Het was goed dat Vincent weg was. Hij dacht als mijn moeder. Hij zou me weer doen twijfelen.

Boven aan de grot haalde ik diep adem.

De teller stond op nul.

Mijn leven begon nu.

'Leo?'

Het bleef een hele poos stil. Ik kon niks zien.

'Leo?'

'Nanou?'

Mijn hart sloeg een tel over.

'Kan je het touw naar me toe gooien?'

Leo

Het was pikkedonker, ik zag amper waar de opening van de grot was.

'Waar ben je?'

'Hier.'

En plots was er fel licht van een lamp, de warme gloed verlichtte haar gezicht. Ze had felle ogen, een kleine neus. En die krullen. Wat een krullen.

Ik hinkte naar het touw. Ze lag op haar buik en stak haar arm zo ver mogelijk uit, haar hand opengesperd.

'Het is hoog.'

'Probeer het maar,' zei ze met haar hese stem.

Na vier keer gooien had ze het te pakken. Ze aarzelde, keek me twijfelend aan.

'Wat is er?'

'Ik kom naar beneden. Maar jij kunt niet naar boven. Nu nog niet. Oké?'

Ik wilde vragen waarom. Ik had genoeg van dat geheimzinnige gedoe. Ik wilde weten wat er aan de hand was. Maar zij was mijn enige kans, dus ik besloot haar regels te volgen.

'Oké.'

'Kan ik je vertrouwen?'

'Ja.'
Ze bleef me aankijken, haar gezicht leek te bewegen door het flakkeren van de vlam.

'Ik beloof het, Nanou.'

Toen verdween ze.

Nanou

Ik knoopte het touw stevig om de stam. Mijn hart bonkte bijna mijn borstkas uit.
Ik kon nog terug. Ik kon het touw weer losmaken. Maar mijn lijf protesteerde meteen tegen die gedachte met een knoop in mijn maag.
Terugtellen kon niet meer.
Weer op mijn buik, mijn hoofd door het gat.
'Ik haal het touw op en hang er de lamp en de koffer aan. Goed?'
Hij knikte. Voorzichtig liet ik de spullen zakken.
Toen was ik aan de beurt.
Even later stonden we oog in oog. Hij was een kop groter dan ik. En hij zag er verschrikkelijk uit. Een lelijke wond op zijn voorhoofd; modder, etter en bloed vermengd tot een dikke korst. Hij stonk.
Maar zijn ogen. Zo groot en donker, de vlam van de olielamp danste erin. Nooit was ik zo dicht bij een ander mens geweest. Alles aan hem was nieuw. Zijn geur, zijn blik, zijn adem. Waarin zat het gevaar? Zou ik dood neervallen als hij me aanraakte?
'Je weet niet hoe blij ik ben, Nanou.'
Zijn stem. Een stem met een lijf eromheen.

Ik knikte. Mijn woorden waren op. Ik zette de lamp op de kist, spreidde de deken uit en wees. Hier moest hij zitten. Hij begreep het.

Ik nam de koffer, klikte hem open en scheurde een doos steriel verband open. Mijn vingers trilden. Ik voelde hoe ik werd opgeslorpt door zijn ogen.

'Ogen dicht,' beval ik en ik waste zorgvuldig de gapende hoofdwond uit.

Maar ik keek wel. Mijn ogen snoepten van zijn gezicht. Ik waste het bloed van zijn smalle voorhoofd, de modder uit zijn donkere wenkbrauwen, de prut uit zijn lange wimpers. Ik wreef zijn halflange haar uit zijn gezicht, mijn vingers bleven hangen in klitten van bloed en modder. Ik depte voorzichtig de schaafwond op zijn neus, veegde het vuil van zijn gebarsten lippen. Er zat een mooie jongen onder al die smurrie, hij kwam tevoorschijn als uit een tekening met toverinkt. Zijn pijnlijke grimassen deden me glimlachen.

'Flink zijn,' hoorde ik mezelf zeggen.

Dat zei mijn moeder ook altijd als ik me pijn gedaan had. Het kusje dat ze me vervolgens gaf, liet ik bij hem achterwege. Ik haalde diep adem, bereidde me voor op zijn blik en zei toen: 'Klaar.'

Zijn ogen lachten.

'Die snijwond op je voorhoofd is flink ontstoken.'

Hij knikte en stroopte zijn broek op. Een lelijke schaafwond liep van zijn knie tot zijn enkel.

Ik opende een nieuw pak gaasverband. De fles ontsmettingsmiddel was bijna leeg. Ik kon alleen maar hopen dat moeder zich de komende maanden niet zou verwonden.

Na zijn been speurde ik zijn lichaam af en zag hoe zijn beide handen stijf stonden van het vuil en het bloed. Voor ik het wist, had ik zijn hand in de mijne. Ze voelde aan als koude aarde.

'Ik heb hier altijd koude handen. Ik kan mijn vingers niet meer strekken.'

Voorzichtig waste ik het bloed en het vuil weg. Hij had lange, stevige vingers. Dikke knokkels, plakkerig van het bloed. Brede handpalmen. Heel mijn hand kon erin verdwijnen. Langzaam maar zeker werd het koude ding een hand. Een warme hand. Een aanraking.

Ik voelde me raar vanbinnen.

Ontdaan liet ik los.

Leo

Ze begon nerveus alle verpakkingen in de koffer te proppen, ontweek mijn blik.

Ik had niks gezegd of gedaan en toch was er iets gebeurd.

Zeg iets, Leo.

'Bedankt. Ik voel me al veel beter.'

'Die breuk is complex. Dat doe ik een andere keer,' zei ze verontschuldigend en ze wees naar mijn voet.

'Het gaat wel. Ik heb de pijnstillers nog.'

'Je moet je voet hoog leggen. Tegen de zwelling. Leg hem op de kist, oké?'

Ik knikte gedwee. Ze klonk als een echte verpleegster.

Het tintelde nog waar ze me had aangeraakt. Ruw en eeltig waren haar handen, maar haar aanraking was zacht geweest.

Ze had groene ogen. Haar blik schoot van me weg.

Haar krullen hadden alle tinten blond, van lichtbruin tot helgeel. Ze leken een eigen leven te leiden, zo springerig en warrig waren ze, dansend om haar hoofd.

De lamp verspreidde een gele gloed in de spelonk en bijna vond ik het gezellig. Maar ik wist dat ze zou weggaan. En dat ik hier zou blijven.

'Is jouw vriend bij je?'

'Nee. Ja. Buiten.'
Ze was in de war. Ik zag dat ze weg wilde. Ze was al weg. Het meisje dat me verzorgd had, naar me geglimlacht had, was er niet meer.
Ik wilde vragen wanneer ik eruit mocht. Maar ik durfde niet.
'Hier. Daarmee hou je het nog wel even uit.'
Ze haalde haar broekzakken leeg en legde wat appels en koek op de kist.
'Mag ik de lamp houden?'
'Nee. Dan weet moeder...'
Verschrikt hield ze haar mond.
Haar moeder wist hier niks van. Waarom niet? Waarom vertelde ze het haar niet?
'Ik moet gaan.'
'Zijn ze naar me op zoek?'
Ik kon de vraag evengoed aan de muren stellen.
'Tot morgen?' waagde ik.
'Misschien.'
Meer kreeg ik niet.
Ze nam de koffer en de lamp en verdween.
Nooit eerder was het zo donker.
Ik hoorde hoe het touw werd opgehesen. En enkele tellen later kon ik alleen aan mijn schone handen voelen dat het geen droom was geweest.
'Zijn ze naar me op zoek?' vroeg ik aan de muren.
Heb jij geblaf gehoord? Geklepper van een helikopter? Wie schreeuwt jouw naam? Al wat je hebt, is een vreemd meisje.
Daar moet je het mee doen.

David

Sukkels.
Nog voor het donker was, stonden ze weer voor mijn neus. Zonder Leo. Als zij hem nog niet konden vinden? 'Morgen moeten we hem... anders... de kans dat...' De redders keken elkaar veelbetekenend aan, slikten hun woorden in toen ze mij zagen.
Ik wilde niet denken aan het vervolg van die zin. Leo was niet... Dat kon niet.
De honden sprongen in de kofferbak van de jeep, spullen werden ingeladen. Binnen een tel was het terrein weer leeg.

Ik had geen zin om in mijn eentje in die rottent te gaan zitten en slofte naar de kleine campingbar. De deur van de oude chalet kraakte verschrikkelijk, alle hoofden draaiden in mijn richting, de warmte kroop van mijn hals naar mijn wangen. Maar ik kon niet meer terug.
'David, kom binnen.' Het was de campingbaas, hij keek me vriendelijk aan en wenkte me. Hoe wist hij mijn naam?
'Kom, drink iets van me. Dat zul je wel kunnen gebruiken na zo'n bewogen dag. Ik ben Louis, trouwens.'

Ik knikte en zette het frisse bier aan mijn lippen, veegde het schuim weg met de rug van mijn hand. De twee Duitse meisjes zaten aan een tafeltje bij het raam. Met hun kleren aan. Ze keken me aan en giechelden. Ik wendde mijn hoofd af.

'Morgen vinden ze hem wel,' suste de campingbaas, zijn ene hand rustte op de tapkraan.

'Het duurt te lang!' baste een stem uit de hoek.

Een oude man met een grijze stoppelbaard keek me aan. Een kort, uitgedoofd stompje van een dikke sigaar hing in zijn mondhoek. Op een nat bierviltje stond een halflege pint.

'Ach, Roger. Er is nog hoop,' antwoordde Louis.

'En ik zeg je dat het te lang duurt. Net zoals met dat meisje. Nooit hebben ze haar gevonden. Niks!'

'Welk meisje?' vroeg ik.

Vergoelijkend schudde Louis zijn hoofd.

'Niks van aantrekken, dat was iets heel anders.'

'Niks anders! Weg is weg. Of niet soms?!' blafte Roger en hij dronk de rest van het bier in één keer op.

'Laat die jongen met rust, Roger. Het is al erg genoeg.'

'Wanneer was dat?'

'Och, lang geleden. Heel lang. Ik had hier nog maar net de camping overgenomen. En direct volle bak. Wekenlang cameraploegen en journalisten. Ik kon het café dag en nacht openhouden, die mensen konden hier niks anders doen dan wachten. De zaak liep als een trein.'

Mijmerend staarde Louis voor zich uit, een glimlach om zijn mond. Pas na een poos besefte hij wat hij net gezegd had.

'Maar het was erg, natuurlijk. Heel erg. Zo'n klein meisje nog. Die ouders. Ze hebben nooit begrepen hoe ze zo ver is kunnen weglopen. Ik denk echt dat ze in het meer gesukkeld is. De duikers hebben niks gevonden, maar toch... ik blijf erbij.'

Louis wreef met een doek onnodig de houten tapkast schoon, draaide het volume van de muziekinstallatie wat hoger en begon over het weer.

Mijn bier was op. Ik had het gehad.

'*Salut*, Louis.'

'*Salut*.'

Nanou

'De kast! Nu!'
En de sleutel draaide in het slot.

Dat was lang geleden. Voor moeder ook. Ogen groot van angst. Ze was vergeten hoe het voelde.
Zo dus.
De laatste keer was het een toerist die verdwaald was, zeker twee jaar terug. Hij vroeg wat eten en de weg.
Mijn kleren hingen er altijd. Mijn kinderboeken stonden er. Tekeningen van vroeger hingen er aan de muur. Mijn deken had ik gauw van mijn bed gegrabbeld. Ik wist nog hoe het moest.
Mijn kamer was leeg. Ik bestond niet.
'Wie zou het zijn?' vroeg Vincent bij mijn oor.
Gelukkig was hij er. Ik haalde mijn schouders op. Een stiller antwoord had ik niet.

Ik kon geen stemmen horen. Alleen geblaf, dat niet van Zita was. En dan geblaf dat wel van Zita was. Ik hield mijn adem in, mijn neus tussen mijn blote knieën. Mijn huid rook naar bos en buiten. Voor de hond rook ik ook naar bos en buiten. Hoopte ik.

'Ze zijn weg, geloof ik,' siste Vincent.
'We zijn pas zeker als we de sleutel horen.'
'Lang geleden, hè?'

Ik knikte. De matras rook muf, het dakraampje was groen. Uren had ik in dit hok doorgebracht. Dagen. Vroeger, toen ik nog te klein was om naar buiten te gaan. Als moeder buiten was, zat ik hier. Als Michel kwam, zat ik hier. Om te oefenen zat ik hier. Stil zijn. Nog stiller. Tot moeder zei dat het stil genoeg was. Zo stil dat niemand kon raden dat ik er was.

Ik speelde er met de pop die van Charlotte was geweest. Ik las de boeken die van Charlotte waren geweest. Ik droeg de jurkjes die van Charlotte waren geweest. Tot ik haar voorbijgroeide. Zij bleef eeuwig zeven. En ik werd acht en negen en tien in die kast. Stil zijn. Stil zijn.

De kast was een hok achter de wandkast in mijn kamer. Charlottes kamer. Maar moeder vond dat 'hok' zo beestachtig klonk. Een hond zit in een hok. Een meisje zit in een kast. Toch noemde ik het hok. Eén grote stap breed, vier stappen lang.

Ik zuchtte.

Daar knarste het verlossende geluid.

Moeder was rood en zenuwachtig. Ze wreef haar handen alsof ze de spanning kon wegwassen. Zonder zeep.

'Heb jij een jongen gezien? In het bos? Op de berg?'

Ik verstijfde.

'Het waren twee mannen. En er zijn er nog meer. Ze kammen heel de omgeving uit. Er is een jongen vermist.'

Ze haalde een stuk papier uit haar schort en stak het onder mijn neus. Het was een foto.

Leo.

Leo zonder bloed en vuil. Zonder angst in zijn blik. Hij zag eruit alsof hij heel de wereld aankon.

'Heb je hem gezien, Nanou?'

Mijn hoofd schudde van links naar rechts. Het bleef maar schudden.

'Hij ging de top doen en is niet teruggekomen. Heb je hem gezien?'

Ik wist niet welk antwoord ze wilde horen. Maar ik wist welk antwoord ik wilde geven.

'Nee, mama.'

Trillend ging ze op mijn kale bed zitten, klauwde in de lakens die er niet meer lagen.

'Ik kan dit geen tweede keer. Ik kan dit echt geen tweede keer.'

Haar stem klonk ver weg.

'Wat dan, mama? Denk je dat ze terugkomen? Ik verstop me wel.'

Ze keek me aan alsof ik er nu pas stond.

'Jij zet geen voet meer buiten,' besliste ze en ze ging weg.

'En nu?' vroeg Vincent.

Ik bleef maar naar de foto kijken.

'Ik moet erheen. Ik ga vannacht wel. 's Nachts zoeken ze niet, dat kan niet.'

'Hij is knap, niet?'

'Ik hou van zijn ogen. Hij heeft zoveel gezien, Vincent. Zoveel meer dan ik. Dat kan ik in zijn ogen lezen.'

Leo

Al wat ik kon doen was wachten. Voorheen ook. Waarom ging de tijd dan nu zo traag voorbij? Omdat het echt wachten was. Wachten op Nanou.
Uren voor de zon opkwam, nog meer uren voor ze weer onderging. Zou ze komen?
Ze kwam.
Heel laat pas en zonder twijfelen deze keer.
Wat hield ik van het licht dat ze meebracht.
Zwijgend keek ze naar mijn wonden. Haar lippen op elkaar, alsof ze moeite deed haar woorden tegen te houden.
'Is Vincent er ook? Buiten?'
Ze knikte.
'Is hij jouw lief?'
'Wat is dat?'
Ze vroeg het luchtig, keek me zelfs even aan terwijl ze koele zalf op mijn dikke elleboog smeerde.
Even wist ik niet wat te zeggen. Welk woord zouden ze er hier dan voor gebruiken?
'Jouw lief. Je weet wel. Als een beste vriend met wie je ook... zoent en zo.'
Zacht wikkelde ze een verband om mijn elleboog, de sluiting had ze tussen haar lippen geklemd.

'Ja. Dan is hij mijn lief,' zei ze blozend en ze klemde het uiteinde van de zwachtel vast. Trok toen heel voorzichtig mijn mouw eroverheen.
'Waarom laat hij zich niet zien?'
'Het is al erg genoeg dat ik me laat zien.'
'Waarom dan, Nanou? Waarom mag niemand je zien?'
Plots begreep ik waarom ze me niet naar boven haalde.
Ik nam haar hand, die ze meteen weer lostrok, probeerde haar blik te vangen.
'Ik zwijg, Nanou. Ik zal zwijgen. Ik weet niet wat er met jou aan de hand is, maar ik zwijg. Laat me gewoon boven achter in het bos, dan vinden ze me wel. Of nee, wacht...'

Nanou

Hij zocht iets in zijn broekzak en legde het in mijn hand. Het was een koud, glad metalen ding met cijfers in vierkantjes. Er stonden ook kleine lettertjes op.
'Neem mijn gsm mee. Wil je hem alsjeblieft opladen?'
Ik durfde niet te vragen wat het was. Hij had me daarnet al zo raar aangekeken toen ik dat woord niet wist. Dus ik knikte.
'Je zult wel een oplader vinden die past, niet?'
Ik knikte weer en liet het ding in mijn broekzak verdwijnen.
'Als hij opgeladen is, breng je hem weer mee. Oké?'
Ik snapte niet hoe dat kleine ding hem zoveel hoop kon geven. Het moest iets wonderbaarlijks zijn.
'Ik zeg echt niks, Nanou. Over jou en Vincent. Ik beloof het. Ik wil gewoon naar huis. Gewoon naar huis.'
Hij pakte weer mijn hand. Deze keer liet ik het toe. Koud en vuil. Zo kon het wel, even toch.
'Waar kom je vandaan?' vroeg ik en ik begon weer in te pakken.
'Parijs.'
'De hoofdstad?'
Hij knikte. Ik geloofde het meteen. Het was Parijs dat

ik in zijn ogen had gezien. Het was de stad die ik in zijn stem had gehoord. Zijn woorden kwamen snel. Zo snel als het leven daar, heel ver weg.

'Hoe is het daar?'

'Ben je er nog nooit geweest?'

Ik schudde mijn hoofd.

'Het is er druk en lawaaierig. Hier is het veel fijner.'

Dan had mijn moeder toch gelijk.

'Als je niet zo stom bent om te verdwalen, toch,' voegde hij er grinnikend aan toe.

Ik stond op.

'Nanou, blijf nog even. Alsjeblieft.'

'Nee. Nog even en het wordt licht. Ik moet terug.'

'Zie ik je gauw weer?'

'Ik weet het niet.'

En dat was de waarheid. Wat als ze hem in de tussentijd zouden vinden? Ik hoopte zo van niet.

Hij was van mij.

Buiten liet ik Vincent het ding zien. Hij wist ook niet wat het was.

'Je kunt erop duwen, kijk. Maar het doet niks.'

'Het is stuk, denk ik. Ik moest het opladen.'

'Opladen? Hoe dan?'

'Weet ik niet. Ik wil zo graag weten wat het is.'

'Je kunt tegen je moeder zeggen dat je het in het bos hebt gevonden.'

'Kan niet. Ik mocht niet meer naar buiten, weet je nog?'

'Zeg dat je het eerder al gevonden had.'

'Ja. Misschien weet zij wat het is.'

'Het moet weg, Nanou. Het ruikt naar hem. De honden kunnen het vinden.'

'Denk je?'
'Het moet ver weg. Zo breng je de mensen op een dwaalspoor. Ver van de grot. Ver van ons.'
'Vincent. Je bent zo slim.'
Hij glimlachte.
'Je bent mijn lief, wist je dat?'
'Je wat?'
'Mijn lief. Mijn beste vriend. Waarmee ik af en toe zoen en zo. Kom je nog mee?'
'Voor en zo?'
Hij deed me lachen. Diep vanbinnen.
Mijn lichaam stelde een vraag. En Vincent gaf het antwoord.

WOENSDAG

David

Ik werd wakker doordat er iemand aan de tent stond te schudden.
'David? Ben je wakker?'
Heel even dacht ik dat het Leo was. Hun stemmen leken op elkaar. Maar Leo sprak Frans met me. Altijd.
'Dirk?'
'David, sta op, wil je?'
De stresskip.
Ze moesten de hele nacht gereden hebben. Het was nog ontiegelijk vroeg. Slaperig stak ik mijn hoofd uit de tent. Het was koud en nat.
Dirk gaf me een hand en trok me overeind. Hij zag er bezorgd uit en zijn ogen vroegen. Ze stelden al die vragen waar ik geen antwoord op had. Ik zuchtte.
'Kom even binnen, ik heb al koffie,' zei Inge.
Nu pas zag ik de kampeerwagen die naast ons kleine tentje stond. Inge stond rillend in de deuropening, haar armen voor haar borst gekruist.
'We hebben hem gehuurd,' legde Dirk uit. 'Een week,' voegde hij eraan toe.
Dat moest lang genoeg zijn, bedoelde hij.
Ik stapte in mijn sportschoenen en trok een trui aan. In

de kampeerwagen was het warm, het rook er naar koffie en de zitkussens waren zacht. Toch voelde ik me hier minder op mijn gemak dan in het gammele politiebureautje. Leo's ouders kwamen tegenover me zitten.

'Ze hebben gisteren al gezocht,' begon ik. 'Maar het was al laat, ze hebben nog maar een klein gebied kunnen doen.'

'Ik heb gehoord dat er vandaag een helikopter wordt ingezet?' vroeg Dirk.

Ik knikte en slurpte van de hete koffie. Ik had graag wat melk en suiker gehad, maar dat durfde ik niet te vragen.

'Hadden ze de foto's bij zich?'

Ik knikte weer.

Leo's moeder zweeg. Haar mond was een streep, als een gleuf in een spaarpot. Aan haar rode ogen zag ik dat ze had gehuild. De koffie smaakte me niet langer.

'Hij heeft de top gehaald,' zei ik. 'Ik wist wel dat het hem zou lukken.'

En toen deed ze toch haar mond open.

'Ik kan er met mijn verstand niet bij, David, dat je hem alleen hebt laten vertrekken.'

Inge keek me giftig aan, haar vingers in elkaar draaiend op tafel. Dirk legde zijn hand op de hare.

'Schat, denk aan wat we hebben afgesproken.'

'Het kan me niet schelen wat we hebben afgesproken.' Er zat een snik in haar stem. 'Als jij mee was gegaan, was dit allemaal niet gebeurd. Mooie vriend ben jij!'

En ze barstte in snikken uit.

Ik stommelde de kampeerwagen uit, struikelde van het opstapje en liep door het kletsnatte gras tot aan de wei die aan de camping grensde. Ik huiverde, mijn tenen sopten in mijn schoenen en ik staarde in de verte. Het dal lag onder een zacht wolkendek.

Alles zag er wazig uit.

Een hand op mijn schouder. Dirk.

'Het spijt me, David. Ze is overstuur. Ze meent het niet zo.'

Ik zette een stap voorwaarts, wilde van die hand af.

'Ze vinden hem wel. Leo trekt zijn plan.'

Mijn stem klonk alsof er iets in de weg zat.

'Ja, Leo trekt zijn plan.'

Ik beet op mijn tanden, keek niet om en wachtte tot hij weg was.

Leo

Ik schreeuwde de longen uit mijn lijf. Dom. Onnozel, dat weet ik ook wel. Maar ik moest. Ook al wist ik dat mijn stem nooit boven dat geklepper uit zou komen, ik schreeuwde zoals ik nog nooit geschreeuwd had. Mijn handen steunend tegen de wand onder de ingang, mijn hoofd in mijn nek. Een moment voelde ik zelfs de zucht van de propeller, de kruinen spartelden tegen de wind, doffe slagen in mijn oren.

'Hier!! Alsjeblieft!! Hier!!' Mijn keel deed er pijn van.

Ik strompelde naar mijn rugzak, slingerde hem de hoogte in, probeerde hem keer op keer door het gat te gooien. Zelfs toen het geluid al in de verte was weggestorven, bleef ik gooien. Kreeg hem ook elke keer weer op mijn kop. Opnieuw. De rode kleur viel op, de piloten zouden het zien. En nog eens. Tot mijn arm de tas nog amper kreeg opgetild en mijn voet brandde van de pijn.

Ik kroop weer naar de hoek, ging hijgend op mijn buik liggen.

'Ze zoeken me. Ze zoeken me. Ze zoeken me,' fluisterde ik op het ritme van het bonzen van mijn hart.

Nanou

Het lawaai van de helikopter wekte me uit een diepe slaap. Moeder was al op en kwam gehaast de kamer in.
'De kast in, Nanou.'
'Mam, die piloten kunnen niet door het huis heen kijken, hoor.'
'Ze zijn in de buurt. Ik voel het. Verstop je.'
'Ze zijn hier gisteren al geweest. Ze komen heus niet elke dag aankloppen.'
Zita werd dol van het lawaai.
'Zit de hond vast?' vroeg ik luchtig.
Moeder gaf zich met tegenzin gewonnen.
'Je blijft binnen en weg van de ramen!'
Ik zuchtte en ging weer liggen. Pakte de foto uit mijn nachtkastje. Keek in zijn donkere ogen.
Voor de helikopter moest ik niet bang zijn, ze zouden Leo nooit zien. Maar de honden. Eens zouden die het hol toch vinden.
Ik dacht aan Vincents plan. De helikopter had moeder al zo nerveus gemaakt dat het me geen goed idee leek dat rare ding nu onder haar neus te duwen. Toch moest het.
Ik kleedde me aan en ging de keuken in. Moeder had

al ontbeten. Ik smeerde een dikke laag boter op een stuk brood en at het staand op.

'De koeien zijn helemaal van slag,' zuchtte ze toen ze binnenkwam en ze draaide de deur op slot.

'Mama?'

Ze keek me aan, zag meteen dat er wat scheelde, want ik zette mijn 'er-scheelt-iets-gezicht' op.

'Ik heb onlangs iets gevonden in het bos. Misschien is het van die jongen.'

'Heb je hem toch gezien?'

'Neehee! Dat zei ik toch al. Wie weet is het niet eens van hem.' En ik legde het ding op tafel.

Moeder vloekte, pakte het op en keek schichtig rond alsof er zo meteen een heel reddingsteam uit de kast zou springen.

'Wat is het?' vroeg ik nieuwsgierig.

'Een telefoon.'

'Een telefoon?'

Een telefoon was toch zo'n groot, lomp ding met een draaischijf? Dat wist ik van een plaatje in een van mijn boeken. Van Charlottes boeken. Moeder had me uitgelegd dat je stem via een draad van de ene naar de andere telefoon kon reizen. En dat wij er daarom geen konden hebben. Ze konden moeilijk een draad vanuit het dorp tot op onze berg spannen. Dat begreep ik zelfs, al was ik toen maar een jaar of zes. Dat was ook de reden dat we geen elektriciteit hadden. Of waterleiding.

We hebben toen zelf een telefoon gemaakt van twee lege blikken en een touw. Maar altijd naar je moeder bellen wordt op den duur ook saai. Uiteindelijk maakte ik er een stel loopklossen van.

'Een telefoon? Zonder draad? Hoe kan dat dan?'

Moeder zuchtte.

'Ik weet ook niet precies hoe het werkt. Michel heeft het me eens uitgelegd. Hij vond dat ik er een moest kopen. Het heeft te maken met satellieten. Ze seinen een signaal en dat wordt dan weer opgevangen...'

Ik begreep er niks van maar ik snapte nu wel waarom Leo het zo belangrijk vond.

'Is hij stuk?' vroeg ik.

'Ik denk het niet. Er zit een batterij in, die zal leeg zijn.'

En die moest ik opladen. Het werd me duidelijk.

'Waar heb je hem gevonden?'

Slim zijn.

'Hier vlakbij, in het bos.'

'Hier vlakbij?'

Paniek. Gelukt.

Ik knikte. Rustig, Nanou. Het moest lijken of je nu pas op het idee kwam.

'Ik dacht zo... als ik hem nu eens heel ver weg breng? Tot op de kamelenrug bijvoorbeeld. Uiteindelijk zullen ze hem vinden en dan stoppen ze met rond ons huis te snuffelen.'

Moeder keek me verbluft aan. Ik kon zien dat ze blij was met zo'n slimme dochter.

'Goed idee. Maar ik breng hem weg. Jij blijft binnen, Nanou. Tot heel dit circus achter de rug is. Begrepen?'

Ze nam een schone zakdoek uit de kast en begon het ding verwoed op te blinken.

'Wat doe je, mam? Hij wordt toch weer vuil.'

'Onze vingerafdrukken staan erop. Niks mag hen hierheen leiden, Nanou. Niks.'

'Onze vingerafdrukken?'

Moeder zuchtte weer. Een zucht die zei dat ik niet zoveel vragen moest stellen.

'Ik neem Zita mee. Ik maak een bergwandeling. En als hun honden blaffen, zullen ze denken dat het om Zita is.'
'Wanneer ga je?'
'Nu.'
Ze schopte haar tuinklompen uit en trok haar bergschoenen aan. Stopte wat eten en drinken in een rugzak.
'Beloof me dat je binnen blijft. Wat er ook gebeurt! En als ze aankloppen, ga je de kast in.'
'Ja, mama.'
'Beloof het.'
'Ik beloof het.'
Daar ging ze. Naar de kamelenrug en terug. Dat zou een hele dag duren. Een hele dag voor mij alleen. En Vincent.
We keken haar na tot ze niet meer dan een stipje op de helling was. Een kleiner stipje springend rond haar voeten.
'Ga je niet naar de grot?'
'Vannacht pas. Het is echt te gevaarlijk nu met die helikopter in de buurt.'
'Wat gaan we de hele dag doen?'
'Ik ga dat hoofdstuk over breuken nog eens bekijken. Vannacht wil ik zijn voet verzorgen. En ik zoek het materiaal al bij elkaar.'
'En ik dan?'
'Vincent, toch. Jij bent er. Dat is genoeg.'
En hij wist dat ik gelijk had.

David

Samen met de helikopter kwamen ook de journalisten. Als een kip zonder kop liep Louis over het kleine campingterrein, druk gebarend, met een troep perslui in zijn kielzog. Hier kon nog iemand tussen. En daar misschien. Even later reden kampeerwagens en bestelwagens met antennes hun wielen vast in de drassige ondergrond. Camera's werden opgesteld, pluizige microfoons werden bovengehaald.

De rondcirkelende helikopter was een dankbaar achtergrondbeeld voor de 'reporters ter plaatse'. Opnieuw en opnieuw ratelden ze hun stukje tekst af, terwijl de cameraman zowel de reporter als de helikopter in beeld probeerde te houden. Hun haar waaide op in de felle wind die de schroef veroorzaakte. Ze schreeuwden boven het lawaai uit. Een blonde dame in mantelpakje stond met haar pumps tot aan haar enkels in de modder. Geërgerd fatsoeneerde ze haar kapsel na weer een scheervlucht van de piloten. Het leek wel of ze het erom deden.

Zo wit als een lijk stond Inge de aasgieren te woord. Dirk sloeg een arm om haar heen.

De laatste trekkers braken misnoegd hun kleine tentjes af. De rust waarvoor zij gekomen waren, was ver te zoeken.

Zo kwam het dat even later alleen ons kleine tentje nog overbleef tussen al die reuzen. Het bed in de kampeerwagen dat Dirk me had aangeboden, had ik beleefd afgeslagen.

Gelaten keek ik toe hoe Inge alle spullen van Leo uit de tent haalde. Snikkend begroef ze haar neus in zijn trui. Huilend drukte ze zijn stinkende sportschoenen tegen haar borst. Ik kon een grijns niet onderdrukken. Leo moest het eens zien.

Maar kaal was het wel, die avond. Gelukkig lag zijn luchtbed er nog. Het was wat leeggelopen en ik blies het weer op. Ik wist zeker dat Leo zijn tent boven de kampeerwagen zou verkiezen als hij terug was. En mijn gezelschap boven dat van zijn ouders. Hij zou veel te vertellen hebben, dat werd een nachtje doorpraten. Ik moest ergens wat blikken bier zien te vinden.

Leo

De hele dag had ik de helikopter gehoord, maar nooit kwam hij nog zo dichtbij als die ochtend. Doodop had ik het schreeuwen opgegeven. Het had geen zin. Ik was weer naar mijn hoek gekropen, als een gestrafte hond was ik op mijn deken gaan liggen. At het stuk brood op dat ik nog overhad.

Mijn buik deed pijn. Al die tijd had ik het bij plassen kunnen houden en aan meer wilde ik niet denken.

Zelfs als ik het zou willen. Alles zat vast. Ik rolde me op tot een bolletje, zuchtte de ergste krampen weg en wachtte tot het donker werd.

Toch schrok ik weer van het touw dat naar beneden kwam. Ik hoorde haar nooit aankomen, ze was zo stil als een kat.

Ik ging overeind zitten. Ze zette de lamp op de kist en stak me weer een strook pijnstillers toe.

'Neem er maar een paar. Vandaag doe ik jouw voet.'

Ze gaf me een fles water en begon haar spullen uit te stallen op de kist. Ze zag er vastberaden uit. Als laatste haalde ze een dik boek boven, bladerde er wat in en legde het open bij het hoofdstuk Enkelbreuken.

Ik slikte.

Ze keek me even doordringend aan.

'Dit gaat pijn doen. Maar als je voet niet gauw gespalkt wordt, blijf je de rest van je leven kreupel. Ik moet eerst te weten komen waar de breuk zit. Maar ik wacht nog even tot de pijnstillers werken, oké?'

Toen leek ze zich te ontspannen. We zaten een poosje zwijgend naast elkaar. Zij op haar knieën, haar handen op haar bovenbenen. Ik achteroverleunend op mijn ellebogen. De warme gloed van de olielamp toverde vreemde schaduwen op de muren en de kilte verdween langzaam uit de spelonk. Ze had haar krullen in een speld bij elkaar gebonden, achter op haar hoofd. Het stond haar, nu zag ik haar gezicht, haar groene ogen.

'Heb je mijn gsm kunnen opladen?'

Ze spande op als een veer.

'Nee. Ik ben hem kwijtgeraakt. Het spijt me.'

Dat kwam aan. Mijn enige kans tot contact en daar sprong zij zo onbezonnen mee om? Een kleuter raakte iets kwijt, ja.

Ze staarde naar de grond.

Ik geloofde niks van haar excuses. En plots had ik het helemaal gehad met die meid. Ik kon mijn woede en ontgoocheling niet meer verbergen.

'Dat heb je met opzet gedaan,' siste ik. 'Geef het maar toe. Je wilt helemaal niet dat ik gevonden word!'

Ik kwam overeind.

Ze schrok.

'Wat ben je van plan, hé? Me voor eeuwig in dit hol laten zitten? Me vetmesten zoals Hans en Grietje? En die Vincent van je? Hoe zit het daarmee? Jullie hadden me er allang uit kunnen trekken met z'n tweeën. Ik heb genoeg van jullie geheimzinnige gedoe. Genoeg, hoor je!'

En ik gaf haar een duw, zodat ze wankelde.

Geschrokken stond ze op, liep naar het touw, nam het in haar handen en keek om.

Ik wilde niet dat ze wegging. Maar ik was te kwaad om haar te smeken te blijven.

Nanou

Zijn ogen bliksemden.
Moeder had gelijk. Vertrouw niemand. Hij had me geduwd. Niet hard, maar toch.
Ik moest de lamp hebben. En de koffer. Maar ik durfde niet meer in zijn buurt te komen. Ik keek nog één keer om en klom naar boven. Mijn ene voet maakte met het touw een opstapje voor de andere.
Boven ging ik tegen de rotswand zitten.

'Moeder heeft gelijk. Mensen zijn niet te vertrouwen,' fluisterde ik tegen Vincent. 'Ik dacht dat hij aardig was.'
'Misschien was hij gewoon boos. Iedereen is weleens boos. En hij had wel gelijk. Je hebt het met opzet gedaan.'
'Die duw was niet nodig.'
'Stel je eens in zijn plaats. Hij zit daar al vijf dagen. Hij is gewoon bang.'
'Denk je?'
'Ja.'
Ik ging op mijn buik liggen.
'Nanou?'
'Ja?'
'Ik ben gewoon bang.'

'Ik weet het.'

Ik hoorde geschuifel. Met de lamp in zijn handen kwam hij onder de ingang zitten, keek de hoogte in.

'Je hebt gelijk, Leo. Ik heb jouw telefoon met opzet verloren.'

Hij slikte zijn woorden in.

'Niemand mag weten dat ik er ben. Jij bent gevonden door iemand die niet bestaat. Dus je bent net zo goed niet gevonden.'

'Ik snap het niet, Nanou.'

'Mijn zusje is vermoord. Mijn vader ook. Ik ben even daarna geboren. Moeder vond het veiliger als niemand van mijn bestaan wist. Ze is erg bang me kwijt te raken. Maar nu heb jij me gezien. Jij bent de eerste.'

'En Vincent dan?'

'Dat is anders.'

'Wil je nu zeggen dat je nooit met iemand anders gesproken hebt dan met je moeder en Vincent?'

'Dat wil ik zeggen, ja.'

'Jij bent ook bang.'

Het klonk niet als een vraag.

'Ja.'

'Van mij.'

'Ja.'

'Maar ik zal zwijgen. Ik zeg niks, beloofd. Ik heb ook een moeder. Een vader. Een zus. Ze maken zich doodongerust.'

We zwegen. Een zachte roep van een uil vulde even de stilte op.

'We vinden er wel wat op,' zei ik.

Mijn buik werd koud en nat van zo lang op de grond te liggen.

'Werken de pijnstillers al?'
Hij knikte.
Langzaam daalde ik weer af.
'Laten we er dan maar aan beginnen.'

DONDERDAG

David

'Geen croissants meer, David. *Je m'excuse.* Bij de laatste bestelling kon ik die bevolkingstoename nog niet voorzien.'
Louis kon niet verbergen hoezeer hij in zijn nopjes was met de toeloop. Zelfs niet voor mij.
'Morgen heb ik er zeker genoeg. Kan ik je blij maken met een brood?'
Blij met een brood. Wist hij wel wat hij gezegd had?
Zijn ogen schoten van me weg.
Hij wist het. Te laat.
'Alsjeblieft, David.'
'*Merci.*'
Ik betaalde en liep de chalet uit, de stralende zon in. Krekels in het gras, een zachte wind, koeienbellen. En kakelende pers. Wachtend op nieuws van het team, dat bij dageraad weer vertrokken was.
Ik leunde tegen het warme hout van de chalet en beet in het krakende brood. Mensen van concurrerende zenders zaten broederlijk samen rond een wiebelend tafeltje. Aten mijn croissants op.
Alleen de blonde niet, die liet er geen gras over groeien. Ze stond vlak bij me, naast een oude kerel op een quad. Haar hand op het stuur, haar hoofd schuin.

De man was lang en stevig. Hij droeg een zwart-rood houthakkershemd met afgeknipte mouwen, een zonnebril en een verbleekte jeanspet. De vrouw lachte overdreven en schudde daarbij haar lange blonde haar naar achteren. Het werkte. De man smolt.

'*Non, madame*, heel dat gebied is verlaten. Deze bergketen sluit het dal af, er is geen weg naar de andere kant, dat lukt je alleen te voet, over de kam. En dat raad ik je ten zeerste af met die dure schoentjes van je.'

Gekir.

'Woont er dan helemaal niemand die de jongen gezien kan hebben?'

'Nee... alleen Monique woont er. Maar daar heb je niks aan, ze zegt geen vijf woorden achter elkaar. Zo verbitterd.'

'Verbitterd?'

'Ze verloor haar dochtertje, lang geleden. De vader voelde zich schuldig en pleegde zelfmoord. Hing zich op in de schuur. Sindsdien woont ze daar in haar eentje. Alleen ik kom er nog met boodschappen. Trouwens, daar kom je ook niet met die schoentjes.'

Blondie legde haar hand op de zitting van de quad. Vlak achter zijn rug.

'Nou, hier lijkt me toch nog een plaatsje vrij, niet?'

De man grijnsde.

'Ik moet er pas over een dikke week weer heen. Die jongen is tegen die tijd terecht. Of dood.'

Ik verslikte me in mijn brood. Hoestend liep ik langs hen heen. Pas bij de tent had ik door dat er iemand achter me aan was gelopen.

'Jij bent Leo's vriend, niet?'

Een jonge gast met een schrijfboekje en een pen. Hij stak zijn hand uit.

'Thierry.'
'Vergeet het.'
'Ik had gehoopt dat je me wat over Leo kon vertellen,' ging hij onverstoorbaar verder. 'Onze lezers zijn geïnteresseerd in de mens achter de naam.'
'Dan moeten die lezers komen zoeken. Wie weet vinden ze de mens wel.'
'Is het waar dat je geen zin had met hem mee te gaan? Dat hij daarom alleen ging?'
Net toen ik een klap op die zelfvoldane smoel van hem wilde geven, kwam er een andere aasgier aanlopen.
'Thierry!'
De ander keek me even aan en nam Thierry bij de arm.
'Moet je horen. Een tiental jaar geleden is hier nog een kind vermist. Een meisje. Ze hebben haar nooit teruggevonden. Haar ouders hebben het nieuws gezien en zijn hierheen gekomen. Ze zijn hier op de camping. Ze hopen op nieuwe sporen. Kom nu, Télécité is er al op gesprongen!'
Daar gingen ze. Lijkenpikkers.
Ik ging op het voeteneinde van mijn luchtbed zitten, mijn benen uit de tent, en voelde de zon branden op mijn gezicht. Ik had geen honger meer en stopte de rest van het stokbrood weg. Zocht toen mijn moeders nummer op.
'Mama? David hier. Hoe is het in Oostende? Heb je onlangs nog naar het nieuws gekeken? Nee? Ik moet je wat vertellen.'
Na een halfuur liet ik me uitgeput op mijn luchtbed vallen. Ik had haar gelukkig kunnen overtuigen om bij oma te blijven. En ik zou hier blijven. Tot Leo terug was.
Ik liet mijn vriend niet achter.

Nanou

Ik had amper vier uur geslapen toen moeder me kwam wekken. Mijn ogen zwaar van de slaap, mijn lijf nog loom en warm.

Ze kon maar niet begrijpen waarvan ik zo moe kon zijn, sloeg de deken van me af. Kippenvel.

'Alsjeblieft, mama, laat me nog even. Ik mag toch niet buiten, wat ga ik doen de hele dag?'

En ik trok de deken weer tot onder mijn kin.

'Binnen is er anders ook werk genoeg. Over een halfuur sta je op. Het is al negen uur.'

Ik zuchtte. Bedacht dat Leo nog wel zou slapen.

Het houtje tussen zijn tanden had hij meteen uitgespuwd. Deze pijn was niet te verbijten. Al wat hij kon doen was schreeuwen en jammeren en huilen. Het klonk ijselijk door de stille nacht. Alle kleur was uit zijn gezicht verdwenen. Hij hapte naar adem terwijl ik zo voorzichtig mogelijk het bot weer recht probeerde te zetten. Toen de spalk er eenmaal omheen zat, keerde zijn maag binnenstebuiten. Een zurige geur hing in de spelonk. Ik veegde zijn mond af, depte zijn warme voorhoofd met een koude doek, gooide water over de plas braaksel.

Rillend lag hij op de deken.

'Het is voorbij. Het is voorbij, Leo.'

Sidderend knikte hij, zocht mijn hand.

'Blijf nog even, alsjeblieft. Laat me nu niet alleen.'

'Even dan.'

Ik voelde hoe zijn hand weer warm werd in de mijne. Hoe ze zei: ik heb je nodig. Dus liet ik toe dat het een aanraking werd, waarvan de warmte zich over mijn hele lichaam verspreidde.

'Vertel iets, Nanou. Eender wat. Vertel iets.'

Ik dacht even na.

'Ik heb jouw vriend gezien. Zondag al. Hij zocht je.'

'David? Waar heb je hem gezien? Heeft hij jou gezien?'

Het hielp. De pijnlijke grimas had plaatsgemaakt voor hoop.

'Ik laat me niet zien, dat weet je toch al.'

'Hij zocht me?'

'Ja. Ik zag hem op de bergflank. Halverwege de top. Hij riep jouw naam.'

'Zo hoog? David toch. Al die moeite. Hij haat wandelen.'

'Ja, dat zag ik. Hij kan het ook niet, hij viel op zijn gezicht.'

Leo lachte. Een lach die moest verbergen dat hij eigenlijk wilde huilen.

'Hij is mijn beste vriend. Altijd geweest. Volgend jaar ga ik economie studeren, in Brussel. Hij informatica in Parijs. Het zal de eerste keer zijn dat we niet samen op school zitten.'

De helft van al die woorden begreep ik niet. Hij zag het.

'Ben jij nooit naar school geweest?'

Ik schudde mijn hoofd.
'Moeder heeft me leren lezen. En rekenen.'
'Maar ze is verplicht om je naar school te sturen.'
'Ik besta niet, weet je nog?'
'Hoe oud ben je?'
'Zestien.'
'Nog twee jaar en ze heeft niks meer over je te zeggen. Wat ga je dan doen?'
'Nog twee jaar en wat?'
'Dan ben je meerderjarig, Nanou. Dat wil zeggen dat je volwassen bent en je eigen zin mag doen.'
'Echt?' Ik kon het niet geloven. 'Iedereen? Ook als je niet bestaat?'
'Ook als je niet bestaat. Dan zorgen ze er wel voor dat je gaat bestaan. Ze maken een paspoort, met je naam erop. Kijk.'

Hij frommelde in zijn broekzak en liet me een kaart zien met zijn foto. Een jongen met kort haar. En zijn naam. De straat waar hij woonde, de stad waar zijn huis stond. Dus als je zo'n kaart had, kon je doen wat je maar wilde. Ik gaf ze terug.

'Dat durf ik niet.'
'Als je me hieruit helpt, dan help ik jou. Beloofd. Dan kom ik je van die berg halen. En dan gaan we samen.'
Hij glimlachte, kneep even in mijn hand, die hij weer had vastgenomen.
'Maar beneden stikt het van de mensen.'
Hij lachte.
'Heeft je moeder je dat wijsgemaakt? In dat boerendorp woont amper tweehonderd man.'
'Leo. Ik kan jou maar net aan.'
Hij zag dat ik het meende.

'Ja. Maar het zal wennen.'

'Denk je?'

'Ach, Nanou. De mensen zijn zo slecht nog niet.'

'Mensen die van de bergen houden, zijn van de beste soort.'

'Daar zit wat in,' lachte hij.

Daar was moeder weer.

'Opstaan, Nanou. Nu.'

Nog twee jaar.

En dan kon ik de hele dag in bed liggen, als ik daar zin in had.

Leo

Het was een mooie dag. Dat kon ik aan het licht zien. Geel en vrolijk viel het de opening in. Dansende schaduwvlekjes van blaadjes in een zomerbries op de wand.

Ik slikte de laatste pijnstillers en bekeek mijn voet, die geklemd zat in een prehistorische houten constructie, bijeengehouden door rafelig touw, plakband en windsels. Mijn tenen staken er verkleumd boven uit.

De zurige geur van braaksel hing nog in de grot. De minste aandacht die ik eraan schonk, liet mijn maag weer in elkaar schrompelen. Ik hield mijn adem even in, wat me meteen een hoestbui opleverde. Mijn adem schuurde door mijn longen. Elke kuch scheurde mijn lichaam open tot aan mijn tenen. Ik hoestte groen slijm op, spuwde het uit en ging uitgeput weer liggen. Rustig ademen. Rustig ademen.

Een lang, heet bad. Dat zou me zoveel deugd doen.

Nanou was lief geweest. Ik vond het fijn te luisteren naar haar zachte, schorre stem. Ze sprak langzaam en lijzig, zo anders dan het vlugge Frans van de grote stad. En ik kon het zien aan haar blik als ik woorden gebruikte die ze niet kende.

Ze was niet dom. Ze had dat boek gelezen en perfect uitgevoerd wat erin stond. Ik kon niet begrijpen wat haar moeder bezielde om dat meisje weg te houden van een sociaal leven. En kennis. Het was verdomd egoïstisch.

Maar haar wereldvreemdheid gaf haar ook iets charmants. Ze was zo ongerept als de natuur waarin ze opgroeide.

Die Vincent. Een boerenjongen waarschijnlijk. Ik kreeg het gevoel alsof hij misbruik maakte van haar naïviteit.

Een nieuwe hoestbui verstoorde mijn gedachten. Mijn middenrif deed pijn, mijn hoofd gloeide.

Ik trok de deken over me heen en wachtte op de nacht.

David

Dirk liet hen binnen in zijn kampeerwagen, sloot resoluut de deur voor de persmeute, schoof de rolgordijntjes omlaag.

Die vrouw. Zo zag je er dus uit na jarenlange onzekerheid. Mager als een lat, kromme schouders, een mond die was vastgeroest in treurnis. De vader een schim. Al zijn haar kwijt. Wat dachten ze hier nu te vinden? Hun dochter was al zo lang verdwenen.

Ze hadden nog een kind. Een meisje van een jaar of tien, dat nu alleen op een klapstoeltje voor de oude caravan zat. Lange, dunne benen kwamen onder haar zomerjurkje vandaan. Vuile tenen in slippers. Ze keek me misnoegd aan van onder haar peper-en-zoutkleurige, lange haar.

Ik zuchtte en keek de andere kant op. Was het echt nodig geweest die ellende nog tussen ons tentje en de kampeerwagen te wringen? Inge vond van wel. Ze was die vrouw om de hals gevallen alsof ze elkaar al jaren kenden.

Ellende schept een band, zeker?

Ik stond op en liep naar het sanitaire blok, waar ik mijn iPod wilde opladen in het enige stopcontact dat de camping rijk was. Er zat nog een scheerapparaat in. En aan dat scheerapparaat hing die eikel van een Thierry. Ik ging meteen weer naar buiten en wachtte tot hij weg was.

Daar was het meisje. Met een wc-rol in de hand ging ze de andere deur binnen.

Ik hoorde het luide ruisen van het water toen ze doorspoelde.

Ze kwam naast me staan. Leunde net zo tegen de houten wand als ik. Handen in de zakken. Een voet tegen de muur. Toen ik van houding veranderde, deed zij dat ook.

Ik keek haar geërgerd aan.

'Ik haat haar,' zei ze en ze blikte naar me van onder haar te lange pony, die ze met een vooruitgestoken onderlip uit haar ogen blies.

'Mijn zus,' antwoordde ze op een vraag die ik niet had gesteld. 'Ik heb haar nooit gekend en toch presteert ze het weer om mijn leven te verzieken.'

Ze moest ouder zijn dan tien.

'We zouden dit jaar naar Spanje gaan. Voor het eerst zouden we niet hierheen komen. Genoeg "herdenkvakanties" gehad als je het mij vraagt. En net dan laten ze op het journaal die beelden zien. Dat er een jongen vermist is. Op precies dezelfde camping als die waarvan mijn zus verdwenen is. Verdomme! En nu zitten we weer hier! Al die moeite, al dat zeuren voor niks!'

Ze schopte kwaad tegen de barak. Haar slipper viel van haar voet.

'Mijn broer is een geluksvogel. Hij is achttien. Hij hoefde niet mee.'

'Hoe oud ben jij?'

'In september word ik veertien.'

'Je ziet er jonger uit.'

Haar ogen vlamden.

'Nou en?'

En daar ging ze. Keek nog één keer boos om en zwaaide haar lange haar over haar schouder.

Het werkte.

Nanou

Moeder en ik hoorden het tegelijk. We zaten met verstelwerk op schoot aan de keukentafel.
 Een moment keken we elkaar verstard aan, zochten naar bevestiging in elkaars blik en schoten toen in actie.
 Mijn verstelwerk in de doos.
 Mijn stoel onder tafel.
 Mijn kamer in.
 Dekens van het bed. Daar nog een zakdoek. Nachtjapon. Kast open. Valse wand open. Spullen in het hok. Ik in het hok. Kast op slot. Deur op slot.
 En moeder weer aan tafel, de naald trillend in haar hand.

Wat deed Michel hier? Het was zijn quad. Het was donderdag. Niet maandag. En zeker niet de vierde maandag.
 Ik legde mijn oor tegen de kastwand. Michels bas. Een vrouwenstem die ik niet kende.
 Gestommel. Ik kon niets verstaan, maar ik hoorde aan de toon van moeders stem dat ze boos was. En dan weer het gezoem van die vreemde vrouwenstem. Michel die suste.
 En plots hoorde ik hen heel duidelijk. Alsof ze naast me

stonden. Ik hield mijn adem in, mijn ogen gesloten. Ik was onzichtbaar.

'Hier is haar kamer, mevrouw. Alles staat er nog net zo. Begrijpt u nu hoe gevoelig dit ligt? Ik voel heel erg mee met de ouders van die jongen. Maar ik heb hem niet gezien, dat heb ik de redders al verteld. Ik heb er niks mee te maken. En ik snap al helemaal niet wat de dood van mijn dochtertje ermee te maken heeft.'

'Excuseer me, mevrouw Durnez. Maar u zou onze kijkers kunnen laten zien hoe verlaten de streek is. Hoe het is om hier te wonen, hoe eenzaam het hier is.'

'Daar hebt u mij niet voor nodig. Trouwens...'

Stilte.

'Ik ga hier weg.'

Stilte.

Ik had geen adem meer. Wat had ze gezegd? Ik had het vast verkeerd gehoord. Maar toen kwamen er nog meer woorden. En zinnen. En elk nieuw woord kwam sneller uit haar mond dan het vorige. Als de stenen van een steenlawine die aan snelheid wint en buitelend de berg af rolt.

'Ik sluit de boel hier af. Mijn zus is ziek. Ik ga enkele weken naar Dijon. Weet je nog, Michel, die brief? Die was van mijn zus. Ze ligt in het ziekenhuis en heeft mijn hulp nodig. Je hoeft volgende maandag dus ook niet met boodschappen te komen.'

Baf baf baf.

Ik kreeg al die stenen van woorden op mijn kop. Werd eronder bedolven en kon me niet meer verroeren. Al wat ik kon doen was wachten op moeder, die me steen voor steen zou bevrijden, die elk woord zou terugnemen, zodat ik weer kon ademen.

De stemmen verstilden achter de deur, zweefden het huis door, tot buiten.

Doodstil zat ik. Dat kon moeder niet menen. Ze zei het maar om die vrouw het huis uit te krijgen. Ze maakte haar iets wijs. Dat was het.

Ik beet op mijn nagels. Hoorde de quad starten.

Ik wachtte tot het motorgeluid werd overstemd door het gesjirp van krekels, vogelgezang en het gesnuif van onze koeien in de wei naast het huis. Het geschurk van hun vuile konten tegen het hek.

Maar moeder kwam niet.

En ik mocht niet roepen. Dat kon ik niet. Tot ik de sleutel hoorde, zat mijn stem op slot. Dat had ze er zo in gestampt dat ik het echt niet kon. Nooit roepen.

Nooit. Nooit. Nooit.

Dus zat ik daar te wachten. En te wachten. Onder die hoop stenen.

De zon draaide over het dakraampje heen, het werd schemerig. Mijn rug werd stijf van zo lang te zitten. Langzaam liet ik me op mijn zij zakken, mijn hoofd op de matras. De stenen als een dekentje over me heen.

De slaap kwam voor ik er erg in had.

Leo

Ze kwam niet. Waarom kwam ze niet? Het was toch donker? Donkerder werd het niet. Ze kon me nu niet meer alleen laten. Nu niet meer.
'Nanou, alsjeblieft?' fluisterde ik de nacht in. 'Waar ben je?'
Ik had het zo koud. Zo verschrikkelijk koud. Kon ik maar stoppen met rillen. Mijn voet deed er pijn van. En ik had dorst. Maar het water was op. De pillen ook. Niet hoesten, Leo. Probeer niet te hoesten. De pijn gierde door mijn lijf. Mijn hoofd was heet. Mijn adem brandde. Hoe kon ik het toch zo koud hebben?
Het is winter. Geloof ik. Dat moet wel. Sneeuwt het? Het heeft gesneeuwd. Ik zak er tot mijn middel in en kan mijn benen niet meer bewegen. Algauw moet ik zwemmen door de sneeuw. Aan mijn ene voet hangt een zware klomp ijs. Ik ruk en trek. Probeer hem los te wrikken. Het is zo zwaar, ik ben zo moe. Als ik boven kom, staat mijn moeder daar.
'Zal ik thee voor je zetten, schat?'
'Thee. Ja. Dat zou fijn zijn.'
Het is mistig en koud. De zon is een witte schijf achter een waas. Moeder verdwijnt achter een deur in de sneeuw.

Ik kruip in mijn bed. Hoe komt het dat het zo hard is? Ik wil onder de matras kijken, maar krijg hem niet opgetild. Waar blijft die thee?

Ik ben uit bed gevallen. Het is hard en koud op de grond. Mijn buik doet pijn. Mijn voet doet pijn. Mijn tanden klapperen. Het zindert in mijn hoofd. Papa komt wel. Hij komt wel.

Nanou

Ik schoot wakker uit de droom. Even wist ik niet waar ik was. Toen weer wel.

Vincent lag naast me, keek me aan.

'Ik heb het weer gedroomd.'

'Onze droom?'

Ik knikte, ging tegen hem aan liggen, trok de deken over ons heen.

Onze droom. Mijn enige droom.

Ik ben nog klein. Vincent is groter. Zijn bruine haar plakkerig op zijn voorhoofd. Zijn blauwe ogen kijken me een moment aan, hij haalt snuivend zijn neus op. Krabt even aan de moedervlek op zijn wang. Gooit dan een steen in het water van het meer. Hij zit op zijn hurken, zijn billen op zijn hielen, zijn blote voeten op de rots. Hij peutert nieuwe stenen uit de modder, gooit ze weg, wacht op de plons, kijkt naar de kringen. Zoekt dan weer een steen.

Onder aan de rots kruipen mieren. Heel grote. Een zwart kopje, een bruin buikje, een zwart achterlijfje. Snoepjes op pootjes.

Mooi in de rij. Waar gaan ze naartoe?

'Hier blijven,' zegt Vincent. Maar hij kijkt niet op. Hij

heeft het te druk om een grote kei uit te graven.
Wat zijn die mieren snel. Drie mieren dragen samen een blaadje. Het is zwaar, soms laten ze het vallen. Soms moeten ze achteruitlopen. Ze worden ingehaald door andere mieren. Ik wil weten waar ze dat blaadje heen brengen. Ze kruipen door het gras, over een kei, tot op een paadje. Omhoog en omhoog. Waar is hun holletje dan?
Dan zie ik de bloem.
'Pluk mij,' zegt ze. 'Kijk eens hoe mooi paars ik ben.'
'Nee, pluk mij,' zegt een rode even verderop. 'Ik ben nog veel mooier.' De steel van de gele bloem is taai en daar staan kleine blauwe.
Dan heb ik mijn handen vol bloemen. Voor mama.
De mieren zijn weg. De zon is weg. En mama is ook weg.
Ik roep. Heel hard.
'Mama! Mama!!' Ik moet huilen.
Maar daar is mama al. Ze tilt me op. Veegt mijn tranen weg met haar duimen. Neemt me mee naar huis.
Daar zit Vincent, op het bankje voor de schuur.
'Je moest bij me blijven,' zegt hij.
'En jij bij mij,' zeg ik.
'Nu laat ik je nooit meer alleen,' lacht hij.
En dan word ik wakker. Elke keer.
Het is een mooie droom en toch maakt hij me altijd droevig.

'Hoe laat is het?' vroeg ik.
'Heel laat.'
'Ik moet naar Leo!'
'Je zit in het hok.'
Mijn deken veranderde weer in een hoop stenen en ik wachtte op het ochtendlicht.

VRIJDAG

Nanou

Zwijgend liet moeder me eruit, nam me bij de hand en trok me naast zich op bed.

'Ik ben fier op je, meisje. Je kunt het nog. Je was doodstil.'

'Mama?'

'Je hebt gehoord wat ik gezegd heb?'

Ik knikte.

Ze kneep in mijn hand en zuchtte.

'Ik ben razend op Michel. Hoe haalt hij het in zijn hoofd om die vrouw naar hier te halen? Om haar over Charlotte te vertellen?'

'Mama, ga je echt naar tante Lucie?'

'Ik moest iets doen, Nanou. Ik moest iets zeggen. Iets wat ervoor zou zorgen dat ze hier wegblijven. Als ik weg ben, is hier niemand meer. Dan laten ze ons met rust. Dan laten ze jou met rust. Het was eruit voor ik het wist. Ik kan nu niet meer terug. Al zou ik het willen.'

Het werd me duidelijk dat ik niet van dat gewicht op mijn schouders af zou komen.

'Ik moet hier echt weg, Nanou. Want ze komen terug. Die journalisten zijn als vliegen rond een pot stroop. Je slaat ze weg, ze komen altijd terug. Een voor een zullen ze komen en allemaal willen ze weten wat er gebeurd is. Net als toen. Ze maken foto's, snuffelen rond ons huis, vragen me de oren van het hoofd. Dat kan ik echt niet aan. Echt niet. Je vader werd er ook...'

Ze hield haar mond. Het vervolg van die zin werd een zoen op mijn wang.

'En het is veel te gevaarlijk voor jou, al dat volk op onze berg. Je weet dat ik je nooit alleen zou laten als het niet nodig was.'

Ik had moeder nog nooit zo bang gezien. Ze was banger van mensen dan ik.

'Ik heb Michel heel duidelijk gemaakt dat alles hier verlaten zal zijn. Ik heb hem gevraagd naar Lucie te bellen terwijl die vrouw erbij stond. Ze zullen niet terugkomen. Ik neem Zita mee. De koeien staan in de wei.'

'De moestuin.'

'Die werken we daarna wel bij.'

'De tomaten zijn bijna rijp.'

Moeder twijfelde even. Ze vond het jammer van de tomaten.

'Ik kan ze 's nachts plukken,' stelde ik voor.

'Je blijft binnen, Nanou.'

Ik slikte.

Jaren al keek ik ernaar uit om eindelijk vrij te zijn. Om van moeder af te zijn, die me constant in de gaten hield, me telkens weer opzadelde met allerhande klusjes.

Maar nu was ik alleen maar bang. Ik sloeg mijn armen om moeder heen en snikte:

'Ik wil niet dat je weggaat.'

Ze aaide over mijn hoofd en fluisterde:

'Maar mijn meisje toch. Mijn meisje. Ik doe het voor jou. Ik lok hen weg. Wat hebben ze aan een leeg huis? Het lukt je wel. Je bent slim. Je bent veel slimmer dan zij. Jou krijgen ze niet te pakken.'

Ze glimlachte vermoeid, veegde met haar duimen mijn tranen weg.

In de keuken maakte moeder een eenvoudig ontbijt klaar. We hadden geen van beiden honger.

David

Ik zat op een rots bij het meer. Coldplay in mijn oren. Mijn voeten in het water. De zon op mijn kop. Slippers met vuile tenen. Verdomme. Kon ze niet ergens anders gaan zitten?
'Waar luister je naar?'
Ik deed alsof ik haar niet hoorde, draaide het volume wat hoger.
'Hoe heet je?'
Knikkend bewoog ik op de muziek, staarde over het water.
'Mama zegt dat je bij die jongen hoort.'
Ik haalde mijn voeten uit het water en schoof een eindje op. Ze schoof gewoon mee op.
'Ben je ongerust?'
Ik zuchtte, haalde de dopjes uit mijn oren en keek haar kwaad aan.
'Kun je niet iemand anders gaan lastigvallen?'
Ik graaide in mijn broekzak, stopte haar een muntstuk toe en zei:
'Hier! Ga een ijsje kopen, en laat mij met rust.'
Ze verdween. Eindelijk.
Ik ging liggen op de warme rots, sloot mijn ogen en stop-

te mijn oren weer vol muziek. Even later viel er een schaduw over me heen. Zij weer. Met twee druppende ijsjes in haar handen.

'Ik wist niet goed wat je graag lust, dus kies jij maar. Een waterijsje? Of vanille?'

Dat kind wist van geen ophouden! Ik keek naar haar op. Ze droeg een jeans met afgeknipte, rafelige pijpen, een zwart T-shirt met Lisa Simpson erop en een pet waar haar paardenstaart doorheen stak. Ze zag eruit alsof ze aan die rots was vastgegroeid.

'Vanille dan,' capituleerde ik. Maar niet van harte.

Ik ging overeind zitten, nam het ijsje van haar aan. Zij ging naast me zitten, haar lippen rond een knalrode ijslolly. Het plakkerige goedje liep over haar pols, tot op haar blote benen. Ze veegde het met haar vinger op en likte het af.

'Ik heet Olive.'

'David,' zei ik.

Even vond ik het goed dat ze naast me zat. Ze zweeg. En we aten ons ijsje op.

'Heb je geen zin om te zwemmen?' vroeg ze me.

'Dat water is ijskoud.'

'Durf je niet?'

'Dat heeft er niks mee te maken.'

'Je durft niet.'

Ze keek me brutaal aan met die grijze ogen van haar. Het stokje van de lolly in haar mondhoek.

'Ik heb er gewoon geen zin in, oké?'

'Oké.'

Ze raapte een steentje van de grond en keilde het over het water. Het kaatste twee keer en ze keek me triomfantelijk aan.

Ik zocht op mijn beurt een platte kei en liet hem vier keer stuiteren.

'Uitslover.'

Ik lachte.

En plots vond ik het fijn dat ze naast me zat. Ik had de voorbije minuten niet aan Leo gedacht. Voor het eerst sinds dagen. En toen dacht ik natuurlijk wel weer aan hem.

'Ben je bang?'

'Jij weet ook van geen ophouden, zeg! Het is smeltwater! Als jij graag in een ijsblok verandert, ga je gang!'

'Dat bedoel ik niet. Ik bedoel... ben je bang dat je vriend...'

En plots was er zoveel rumoer dat ik niet eens de kans had me weer boos te maken.

Geschreeuw van de journalisten, mannen met camera's in de aanslag, het opgewonden geblaf van een hond.

We stonden op. Ze klopte het stof van haar broek en keek met haar hand boven haar ogen naar het tumult.

'Het lijkt alsof ze iets gevonden hebben,' zei ze.

Ze had me net zo goed in het meer kunnen duwen.

Nanou

Moeder ging pakken. Ik deed de vaat. Hierna moest ik de kast in. Michel zou moeder komen ophalen, dan moest het huis er verlaten uitzien.
Daar was ze. Met haar koffer. Ik omhelsde haar stevig, snoof haar vertrouwde geur op en wist dat ze allerlei nieuwe geuren zou meebrengen als ze terugkwam.
'Dit is de eerste keer dat ik het jammer vind dat we geen telefoon hebben,' zei ze.
'Het lukt me wel, mama.'
'Je begrijpt me toch, Nanou?'
'Ja, mama.'
Toen hoorden we het geronk van de motor. Er was geen weg meer terug.
'God, kind. Ik zal geen moment gerust zijn.'
'Ga nu maar. Je vindt het toch fijn om je zus weer eens te zien?'
Ze snoot haar neus en knikte. Opende de deur van de kast alsof het de toegangspoort tot de hel was.
'Kindje. Ik hou van je.'
Het geknetter van de motor kwam dichterbij.
'Ik ook van jou, mama. Wees voorzichtig,' zei ik en ik duwde de valse wand open.

'Jij ook. Alsjeblieft, jij ook.'

En ze drukte me de sleutel in de hand.

Een moment haakten onze ogen in elkaar. De motor werd uitgezet en de kast werd gesloten.

'Monique? Ben je klaar?'

'Ik kom.'

De deur. Nog een deur. De sleutel in het slot. Zita.

Moeder verdween samen met het geluid van de motor. Ik ging op de matras zitten, naast Vincent.

'Ben je bang?'

Ik knikte, zocht zijn hand.

'Je hoeft niet bang te zijn. Ik ben er. En ik zal er altijd zijn. Je hoeft me twee weken niet weg te sturen.'

Ik glimlachte. Dat was waar. Geen stiekem gedoe meer. Een van de stenen rolde mijn rug af.

'Heb je de sleutel van de kast?'

Ik knikte weer.

'Dan kun je zelf kiezen wanneer je eruit gaat.'

'Zo meteen. En ik ga er niet meer in. Alleen als het echt moet.'

Een tweede steen viel van mijn schouder.

'Ga je vannacht naar Leo?'

'Natuurlijk. Ik kon deze nacht ook al niet gaan. Hij zal honger hebben.'

'Je kunt zo lang bij hem blijven als je wilt. Niemand wacht hier op je.'

En zo haalde mijn lieve Vincent elke steen weg die nog op mijn schouders lag. Ik voelde me licht worden, opende de kast en betrapte mijn glimlach in de spiegel naast mijn bed. En wat ik ook probeerde, ik kreeg hem niet van mijn gezicht.

David

Ik wilde het niet weten. Er was trouwens toch geen doorkomen aan. Allemaal dromden ze om de redders en de agenten heen. Microfoons vochten voor hun monden. In optocht gingen ze naar de kampeerwagen van Dirk.

Het was pas toen Olive mijn hand pakte dat ik doorhad hoe erg ik stond te beven.

'Gaat het?'

Ik trok mijn hand los, balde haar tot een vuist in mijn broekzak en liep naar de tent.

Dat had ik beter niet kunnen doen. Net toen ik er aankwam, sloot Dirk de deur voor de pers. Als één man draaiden ze zich om. Er was geen ontkomen aan.

'Heb je het gehoord? Wandelaars hebben zijn gsm gevonden. Kilometers hiervandaan.'

'Wat denk je?' vroeg iemand anders met een camera in zijn kielzog.

'Hoe is de relatie met zijn ouders? Had hij redenen om weg te lopen?'

Ik deinsde steeds verder achteruit, tot ik de tent in mijn rug voelde. Drie camera's, flitsen van fototoestellen met grote lenzen, een microfoon voor mijn gezicht. En al die hongerige blikken, op zoek naar een primeur. Ik kon geen woord uitbrengen.

Plots week de massa opzij en werd ik aan de arm meegenomen. Het was de smalle. Hij leidde me de kampeerwagen in en duwde me op de zitbank.

Dirk en Inge. En op tafel de gsm.

'Het is die van Leo,' zei Inge overbodig.

'Jij bent de laatste die hij heeft proberen te bellen, rond elf uur 's avonds,' zei de smalle. 'Het vreemde is dat ze hem kilometers hiervandaan hebben gevonden, zeker een dag lopen. Wat denk jij? Hoe is hij zo kunnen verdwalen?'

Ik haalde mijn schouders op. Nam zijn telefoon vast. Ik zag hoe Dirk verhinderde dat Inge hem weer afpakte.

'Het klopt niet,' zei ik. 'Leo heeft zijn gsm altijd op zak. Altijd. Hij kan hem niet verloren hebben.'

'Zeg je nu dat hij hem met opzet heeft achtergelaten?'

'Nee, dat zegt u. Ik zeg dat hij hem nooit zou verliezen.'

Ik liep de menu's door en vond een foto van hem. Lachend, zijn haar opzij waaiend, zijn gezicht ietwat bol. Hij had de foto zelf gemaakt. Boven zijn hoofd het houten bordje waarin de hoogtemeters waren gekerfd: 3440 meter.

'Die is op de top genomen, de dag van zijn verdwijning,' zei de agent.

Nu graaide Inge de telefoon toch uit mijn handen. Ze begon te huilen.

'Kijk dan,' snikte ze, 'hoe gelukkig hij eruitziet! Waarom zou hij in godsnaam weglopen? Als hij ons niet meer moest, zou hij wel vanuit Parijs vertrokken zijn. Hij gaat hier toch niet weglopen? Zonder geld? Zonder eten?'

Ik voelde me beroerd.

'Wat denk jij, David?' vroeg Dirk. 'Heeft Leo het met jou ooit over weglopen gehad?'

Ik schudde mijn hoofd.

'Zo dom is hij niet.'

Triomfantelijk keek Dirk de agent aan. Inge knikte me dankbaar toe, keek toen weer giftig naar de agent.

'Jullie zoeken gewoon een reden om te stoppen met zoeken. Hij is achttien. Als hij is weggelopen, trekken jullie je handen ervan af. Die gsm is net het bewijs dat we moeten blijven zoeken! Hij is daar ergens!'

Ik stond op. Wachtte even of iemand me zou tegenhouden, maar dat deden ze niet.

Buiten kreeg ik de gieren weer achter me aan, maar ik liep het terrein af, de helling op en ik bleef klimmen, volgde het pad van een paar dagen eerder, en stopte pas toen de camping uit het zicht verdwenen was.

Hijgend ging ik in het gras zitten, keek over het dal naar de toppen aan de overkant. Het was akelig stil. Alleen de wind in mijn oren, het bonken van mijn hart, krekels in het gras, het jagen van mijn ademhaling. Ik vlocht mijn vingers in elkaar, liet elk vingerkootje knakken.

De lucht was staalblauw, op een wolkje na. Het leek vast te hangen aan een spitse top aan de overkant. Het werd stilaan langer en smaller, maar het kwam niet los van de berg. Ik bleef kijken tot het langzaam in de lucht oploste, volgde met mijn ogen de bergkam, keek naar huisjes op de flanken, niet meer dan stipjes. Een weggetje als een touw om de berg heen.

Saaier kon niet.

Daar zat ik tot de zon zakte en het fris werd. Ik liep weer naar beneden, grabbelde mijn spullen bij elkaar en ging douchen. De deur van de kampeerwagen was gesloten. De journalisten waren weg. Ik zag Olive met haar ouders in de caravan zitten. Ze waren aan het eten.

Toen ik met natte haren terugkwam, mijn handdoek om mijn lendenen, mijn kleren in mijn armen, zat Olive er alleen. Ze stak even haar hand op. Ik kroop in mijn tent, ritste die dicht en begon me aan te kleden.

Ik had maar net mijn slip aan, toen iemand de rits opendeed.

'Hé! Kun je niet kloppen?'

Ze schopte haar slippers uit en kroop de tent in.

'Olive! Mag ik me misschien even aankleden?'

Ze snoof, ging op Leo's luchtbed liggen, leunend op haar onderarmen, en bekeek me polsend van kop tot teen.

'Ik heb een broer, hoor,' deed ze luchtig.

'Kan wel. Maar ik geen zus. Hup. Eruit.'

Ze draaide eens met haar ogen en ging overeind zitten. Haar hoofd uit de tent. Ik schoot een T-shirt en een broek aan. Trok mijn fleece trui eroverheen. De zon was weg. De kou kroop langs de helling omlaag, maakte het gras nat.

'Ben je netjes?' vroeg ze met een bekakt stemmetje en ze liet zich weer achterover op het luchtbed vallen.

Ik trok dikke sokken aan.

'Wat kom je doen?'

'Mijn ouders zijn in de kampeerwagen. Ik had daar geen zin in.'

'Dus kom je mij een beetje lastigvallen?'

'Ze hebben zijn telefoon gevonden.'

'Weet ik,' zei ik en ik kroop de tent uit.

Kwaad omdat ze me dingen liet doen die ik niet wilde doen. Zij moest die tent uit. Niet ik.

Ik trok de rits van mijn trui dicht en liep tot aan het meertje. Uiteraard kwam ze achter me aan.

Aan het water was het nog kouder. Nevel hing boven het strakke oppervlak. Ik kon me de hitte van daarstraks al niet meer voorstellen.

We gingen op de rots zitten. Ze rilde. Net goed.

'David, gaat het met je?'

Ik negeerde haar, zag hoe de maan in het meer weerspiegelde. Er was geen zuchtje wind.

'Ik weet hoe het gaat. Het gaat altijd over degene die er niet meer is. En ze vergeten iedereen die er wel nog is.'

Dat grietje werkte me ongelooflijk op de zenuwen.

'Hou op, Olive.'

'Hoe voel jij je?'

'Wat nu? Zal ik gaan liggen? En hoeveel vraagt mevrouw de psychiater voor een uurtje? Rot op, Olive. Ga met je barbies spelen.'

Wat was ik blij dat het donker was, want het laatste wat ik wilde, was dat ze zou zien hoe nat mijn ogen waren.

Het kreng.

'Je moet het niet zo opkroppen, David. Je hebt je al lang genoeg flink gehouden.'

Ik sprong van de rots af, liep van het meer weg en draaide me om. Ze stond op de rots, het licht van de maan op haar gezicht, de nevel in slierten om haar heen.

'Wat wil je verdomme van me?!' schreeuwde ik. 'Wat moet ik verdomme zeggen om je je kop te laten houden? Wat wil je horen?! Hè? Dat ik Leo op de bodem van een ravijn zie liggen? Zijn kop onder het bloed? Dat ik eraan denk hoe hij ergens dood ligt te gaan? Of het al is? Dat ik voor me zie hoe de ratten aan hem knagen? Wil je dat horen? Dat ik geen oog meer dichtdoe omdat ik altijd maar moet denken aan hoe eenzaam hij daar moet zijn? En dat het verdomme allemaal mijn schuld is? Je wilt niet weten hoe ik me voel! Ik wil het zelf niet eens weten! Laat me met rust. Laat me verdomme alsjeblieft met rust.'

En nu kon ik niet langer verbergen dat ik huilde, want de laatste woorden waren er met horten en stoten uit gekomen en nu viel ik uitgeput op mijn knieën. Huilend en snikkend, mijn handen voor mijn gezicht. En hoe ik het ook probeerde, ik kon die tranen niet stoppen. En daar werd ik zo kwaad van dat ik nog meer moest huilen.

Ik duwde haar troostende handen van me af, maar zelfs dat lukte me maar één keer, dus liet ik toe dat ze me omhelsde met die dunne armpjes van haar. Mijn hoofd op haar knokige schouder. Haar geur was zoet. Ze was warm. En dertien.

Ik stond op, veegde mijn tranen weg en liet haar achter bij het meer.

Nanou

Meteen na het invallen van de duisternis vertrok ik. Ik hoefde niet meer te wachten tot moeder sliep. Rustig had ik eten bij elkaar kunnen zoeken, ik nam het hoofdkussen mee dat ik voorheen niet durfde te pakken. Nog een deken, de lamp die ik nu wel bij hem kon achterlaten. Moeder zou niks missen. Moeder was er niet. Ik stopte alles in vaders oude rugzak en hees hem op mijn rug. Jongens, dat was zwaar. Ik sloot de deur af en nam de vertrouwde weg door het bos. De maan scheen, ik voelde me gelukkig.

Toen ik vlakbij was, hoorde ik hem praten.
'Papa!' riep hij zacht. 'Papa!'
Hij droomde.
Ik maakte het touw vast en liet me door het gat zakken. Een doordringende stank hing in de spelonk. Ik hapte naar adem, stak toen de lamp aan.

Meteen zag ik dat het geen dromen was. Meteen kon de stank me geen donder meer schelen.

Hij had zijn ogen half open, de deken lag weggetrapt aan zijn voeten, en ik voelde de warmte zo van zijn lichaam slaan.

'Het is koud. De sneeuw is zo koud,' zei hij en daarna bazelde hij verder in een vreemde taal.

Ik legde mijn hand op zijn gloeiende voorhoofd, probeerde zijn blik te vangen. Zijn pupillen waren groot, hij keek dwars door me heen.

'Leo. Leo, ik ben het.'

Hij had hoge koorts. Gemakkelijk veertig graden. Ik haalde alles uit mijn rugzak, legde het kussen onder zijn hoofd. Zijn haar was kletsnat en plakte in klissen tegen zijn schedel. Voorzichtig liet ik hem drinken, het water liep uit zijn mondhoeken in zijn hals.

'Toe, Leo. Je moet drinken.'

'Thee.'

'Nee, water. Lekker water. Drink maar.'

Ik legde een koortsremmer op zijn tong en liet hem weer drinken. Hij draaide zich op zijn zij, hoestte zwaar, zijn ademhaling piepte. Hij rilde over zijn hele lichaam en ik dekte hem weer toe. Hoe kon hij zo snel zo ziek geworden zijn?

Vincent kwam naar beneden.

'Wat is er met hem aan de hand?'

'Hij is ziek, Vincent. Heel erg ziek.'

'Huil maar niet, Nanou. Je moet hem wassen. Je kunt hem toch niet in zijn eigen vuil laten liggen?'

'Ik heb alleen koud water bij me.'

'Hij heeft het nu toch warm genoeg.'

Dat was waar.

Ik schudde het brood uit de vaatdoek en maakte hem vochtig. Zachtjes depte ik zijn voorhoofd, waste zijn gezicht. Zijn hoofdwond zat weer vol etter. Misschien had hij daarvan zo'n hoge koorts.

Ik sloeg de deken terug en rolde hem op zijn rug. Knoopte zijn broek los, opende de ritssluiting.

'Ik durf niet,' fluisterde ik.

'Het is maar een jongen.'
'Maar daar is hij al een man.'
Leo bewoog zijn hoofd, tilde zijn arm een eindje op.
'Mama? Mama, ik heb het zo koud.'

Hij was een jongetje. Een klein, ziek jongetje. Resoluut sjorde ik zijn broek en slip naar beneden. Ik knipte de rechterpijp open en schoof de broek voorzichtig over de spalk heen. Gooide de kleren in een hoek van de grot.

Ik maakte de doek nog natter en wreef hem schoon. Eerst de voorkant. Toen de achterkant. Ik had niet genoeg water bij me en ging tweemaal tot aan de rivier om de doek uit te spoelen en de fles weer te vullen. Het bos sloeg me gade.

Leo werd rustiger, hij stopte met ijlen en sloot zijn ogen.

Ik gooide de besmeurde deken bij de kleren in de hoek en sjouwde hem op de andere. Pas toen ik klaar was en hij fris gewassen op de schone deken lag, keek ik naar hem. Het zag er een beetje gek uit. Maar ook gewoon, zoals het hoorde te zijn.

Ik schrok op van zijn gekreun en bedekte hem. Met mijn wang voelde ik aan zijn voorhoofd, de koorts was gezakt.

Ik grabbelde de vuile spullen bij elkaar en ging naar boven. Het was al heel laat en ik was doodop. Half slapend waste ik zijn kleren uit in de snelstromende rivier. Mijn handen werden rood en stijf van het koude water.

Vincent keek op toen ik terugkwam.
'Slaapt hij?'
'Ja, hij is rustig nu.'

Ik trok de deken nog wat hoger en ruimde de spelonk op. Spreidde de natte spullen uit op een richel. De lamp op de kist, het eten erbij. De medicijnen naast zijn hoofdkussen.

Ik luisterde naar zijn zware ademhaling, veegde het haar uit zijn gezicht, voelde zijn hart tekeergaan.

'Hij riep om zijn moeder,' zei Vincent.

'Ik weet het.'

'Hij wil naar huis.'

'Ik weet het, Vincent. Maar dat lukt niet zomaar. Hij moet eerst genezen.'

'En wat als jij hem niet kunt genezen? Dan gaat hij misschien wel dood.'

'Je mag zoiets niet zeggen. We zien wel.'

Ik zag aan het licht buiten dat het tijd was om terug te keren. Maar dat kon ik niet. Ik was doodop. De paar kilometer die ik moest lopen leken me nu onoverkomelijk ver. En ik kon hem niet alleen laten. Nu toch niet?

ZATERDAG

Leo

Met moeite kreeg ik mijn ogen open. Mijn tong plakte tegen mijn gehemelte, mijn hoofd barstte, elk gewricht stribbelde tegen.
Het was licht buiten, nog maar net.
En er was iets. Er was van alles. Mijn geradbraakte hersenen hadden tijd nodig om de dingen te registreren.
Eerst mijn hoofd. Dat lag op een kussen, niet op mijn rugzak. En naast me hoorde ik iemand ademen.
Nanou.
Ze lag op haar zij, haar benen opgetrokken, haar hoofd op haar dichtgevouwen handen, als de engeltjes boven op onze kerststal. Alleen droegen die geen versleten bergschoenen met rode veters.
Een lichtblonde krul lag over haar gezicht heen, werd een snor onder haar neus.
Moeizaam draaide ik me op mijn zij.
En meteen wist ik wat er nog meer was. Geschrokken ging ik overeind zitten, versmalde mijn ogen tegen de pijn die door mijn voorhoofd schoot.
Ik blikte even naar Nanou en tilde toen de deken een eindje op.
Verdomme.

Wat had ik gedaan? Hadden we? Nee. Onmogelijk.
Eén groot gat in mijn geheugen.
Het duizelde me en ik zag zwarte vlekken voor mijn ogen, mijn mond hapte naar adem, kriebel in mijn keel. Nee. Niet weer.

Nanou

Ik werd wakker door luid gehoest. Zijn lichaam kromde zich, schokkend eiste het de lucht terug die het net had uitgebraakt.
    Ik legde mijn hand even op zijn rug, maar die schudde hij af. Zijn gezicht werd knalrood, zijn adem stokte, gierde dan weer door zijn keel. Uiteindelijk hoestte hij een dikke klodder groenig slijm op. Hij veegde zijn mond af aan een punt van de deken, sloot rillend zijn ogen, zweet parelde op zijn voorhoofd.
    Ik legde mijn hand in zijn hals. De koorts kwam weer op.
    'Je bent ziek, Leo.'
    Met waterige ogen keek hij me aan.
    'Wat is er gebeurd?' vroeg hij hees.
    'Je had hele hoge koorts, je ijlde.'
    'Nee. Ik bedoel. Waarom ben ik... Wie heeft?'

Leo

Ze keek me vragend aan. Ik zuchtte.
'Waar zijn mijn kleren?'
Ze bloosde, keek van me weg.
Verdomme.
'Ze waren vuil. Ik moest ze wassen.'
En toen pas herkende ik de geur die ik al die tijd geroken had en ik kon wel in de grond zinken van schaamte. Nog dieper dan.
'Het geeft niet. Je was zo ziek. Misschien zijn ze al wel droog.'
Ze stond op en bracht me mijn broek en mijn slip.
'Ze zijn nog klammig. Ik zal ze in de zon moeten drogen.'
Ik wilde dat ze verdween.
Ik wilde haar nooit meer zien.
Maar ik voelde dat ik niet eens meer overeind kon gaan zitten. Mijn hoofd was als lood. Het kon me allemaal geen donder meer schelen.
'Ik voel me niet lekker,' was alles wat ik nog kon uitbrengen.

Nanou

Ik zette de fles water aan zijn mond en liet hem drinken. Het lukte hem maar niet de koortsremmer in te slikken. Steeds weer kwam er een hoestbui, die hem zo uitputte dat ik moest wachten tot hij wat bekomen was. Met de minuut werd hij warmer.
'Kom op, Leo. Probeer het nog eens.'
Hij schudde zijn hoofd en ik zag hoe zijn blik van me af gleed, hoe hij wegzonk in zichzelf, en ik hoorde Vincent in mijn hoofd: misschien gaat hij wel dood.
En dat kon. Dat wist ik. 42 graden was genoeg.
'Kom op, Leo. Nog één keer. Alsjeblieft.'
Ik duwde het tabletje zo ver in zijn keel dat hij kokhalsde, zette de fles aan zijn mond en liet hem voorzichtig drinken.
'Drink dan. Toe dan.'
Het lukte.
Het was te licht om nog terug te keren. Ik zou bij hem blijven tot het donker werd. En dan moest hij hier weg. Ik wist alleen nog niet hoe.

David

Tegen de middag hield ik het echt niet meer uit in die tent. Het leek wel een sauna. Ik trok mijn zwemshort aan en pakte mijn handdoek. Buiten was het al een stuk frisser, maar ik liet me niet van mijn stuk brengen en stapte vastberaden naar het meer. Ik had mijn buren geen blik gegund. Ik kon Olive niet meer zien. Ik schaamde me dood. Hoe had ik me ooit zo kunnen laten gaan, voor de ogen van dat kind nog wel?

Het was een mooie dag, maar lang niet zo warm als het in de tent had geleken, een koele bries rimpelde het water. Toch ging ik het meer in. De kou beet in mijn tenen, mijn bovenbenen tintelden en ik maakte huiverend mijn armen en borst nat. Ik kon een schreeuw niet onderdrukken toen ik het ijskoude water in dook. Het sneed me de adem af en proestend zwom ik naar het vlot dat in het midden van het meer aan een ketting dobberde. Hijgend hees ik me erop, ik ging liggen op het warme hout, voelde hoe mijn huid trekkend weer opdroogde in de zon. Mijn hart bonsde, mijn hoofd was koud. Zachtjes deinde het vlot op het water. Kon ik maar in slaap vallen. Ik was moe. Zo moe. Maar mijn gedachten sprongen en wervelden in mijn hoofd en verhinderden dat mijn lichaam rust vond. Al zes dagen.

Ik ging overeind zitten, leunend op mijn handen, en tuurde naar de overkant. Ik had geen zin om dat koude water weer in te duiken, maar ik kon daar moeilijk voor eeuwig blijven zitten.

Het was nog kouder dan daarnet. Aan de oever sloeg ik rillend mijn handdoek om, liep naar het sanitaire blok en nam een hete douche.

Het was alleen maar omdat ik zo'n honger had dat ik het bord spaghetti dat Inge me aanbood niet afsloeg. Ik had in dagen geen fatsoenlijke maaltijd gehad.

We aten buiten, voor de kampeerwagen. Ik at snel, want ik had geen zin in vervelende gesprekken. Het viel blijkbaar op.

'Eet toch wat rustiger, David,' zei Inge vriendelijk. Ik keek haar aan, ze glimlachte even naar me.

'Ik weet dat we nu niet het fijnste gezelschap zijn. En het spijt me dat ik jou de schuld gaf van... alles.'

Ik kreeg de hap die ik net genomen had maar moeilijk doorgeslikt.

'Ik weet wel dat Leo je hierin gepraat heeft. Daar is hij goed in.'

'Ik zei hem nog: de bergen, is dat wel iets voor David?' zei Dirk met een glimlach.

Ik haalde mijn schouders op, draaide kringetjes met mijn vork tot de spaghettislierten om de steel kwamen te zitten.

'Het maakte me niet uit waar we heen gingen,' zei ik zonder hen aan te kijken. 'Het was met hem. Daar ging het om.'

Er viel een akelige stilte. Mijn honger was over.

'Je bent een goede vriend, David,' zei Dirk en hij wreef

zijn brillenglazen proper met zijn zakdoek. 'Leo mocht je heel graag.'
Met een ruk stond ik op, waardoor het klapstoeltje in het gras duikelde.
'Mag. Mag, Dirk. Op een dag komt hij die berg af. En waag het niet ooit nog iets anders te denken.'
Op dat moment vond ik het jammer dat mijn tent niet aan het andere eind van de camping stond. Mijn verontwaardiging had meer dan vijf passen nodig.
Boos worstelde ik me naar binnen, schopte mijn slippers uit en trok mijn bergschoenen aan. Ik zocht mijn pet en rugzak bij elkaar, vulde een fles met water en nam het pad naar boven. Ik haatte dit, maar het was het enige wat ik in dat door God verlaten boerengat kon doen. Het enige wat me van die plek vandaan bracht.

Ik hoorde haar pas toen ik al een heel eind opgeschoten was.
'David! David, wacht! Ik wil met je mee!'
Ook dat nog.
Ik wachtte tot ze bij me was. Haar benen leken veel te dun om die zware wandelschoenen te dragen. Het was geen gezicht.
Voor ze me een glimlach kon schenken stak ik van wal.
'Je mag met me mee op drie voorwaarden. Ten eerste: je houdt je mond. Ten tweede: je houdt je mond. Ten derde: je houdt je mond. Begrepen?'
Geschrokken knikte ze, haar duimen in de riemen van haar rugzakje.
Ik keerde me om en liep verder. Ik hoorde aan haar moeizame ademhaling dat ze moeite had mijn tempo bij te houden. Het deed me grijnzen. Maar toen ik schalks even

over mijn schouder keek en zag hoe rood haar gezicht was, hield ik toch wat in. Het was nog maar een kind.

We volgden het pad door de weiden, soms versperden koeien ons de weg. Ze keken ons met hun grote, domme ogen aan. Met tegenzin strompelden ze van het pad af, zelfs hun bel klingelde lui. We liepen door tot we het bos bereikten, daar ging ik in de schaduw van de bomen even op een rots zitten.

Ze kwam niet naast me zitten, maar zocht een plekje even verderop. Ik dronk gretig van het inmiddels niet meer zo koude water.

Ze wiste het zweet van haar voorhoofd en trok haar kousen op.

'Heb je geen drinken bij je?'

Ze schudde haar hoofd. Zuchtend stak ik haar de fles toe, ze stond op en nam hem aan, dronk een paar slokken en gaf hem terug. Veegde haar mond af met de rug van haar hand.

Ik stopte de fles weg, slingerde mijn rugzak weer op mijn rug en ging verder. Het pad kronkelde zigzaggend omhoog. Boomwortels overgroeiden het pad. Keien die stevig leken, rolden toch zo de berg af. Kleine stroompjes klaterden over het pad, varens kietelden mijn blote benen. Olive stopte af en toe om bosaardbeitjes te plukken. Eén keer stak ze me haar geopende hand toe en liet me proeven van de helrode, zoete vruchtjes.

Bij een splitsing draaide ik me om.

'We kunnen beter teruggaan. Het is niet de bedoeling dat wij ook verdwalen.'

Ze knikte en nam hetzelfde pad terug. Ik liep nu achter haar en keek naar haar dansende paardenstaart. Haar nek die rood was van de zon. Het kleine rugzakje met een sleutelhanger in de vorm van de letter o aan de ritssluiting, haar lange, dunne benen.

Ik zag dat ze haar best deed om door te lopen. Ze wilde niet voor me onderdoen, maar de afdaling was verraderlijk en plots struikelde ze over een boomwortel en viel.

Ik schrok, hielp haar overeind.

'Olive? Gaat het?'

Ze verbeet haar tranen en liet me haar geschaafde elleboog zien. Klopte het vuil van haar bloedende knie. Ze knikte.

Ik nam de fles water en spoelde het ergste vuil weg. Liet haar toen wat drinken.

'Doet het pijn?'

Ze schudde haar hoofd. Ik ging naast haar zitten. We zwegen een hele poos, keken de helling af, sloegen de muggen weg.

'Hoe heette je zusje?'

Ze keek me aan. Ik vroeg het nog eens met mijn ogen. Ze zweeg. God, wat een stijfkop.

''t Is goed, Olive. Als ik je wat vraag, mag je wel antwoorden.'

Ze monkelde. Ik kon een lach niet onderdrukken.

'Elise. Ze was net drie geworden.'

'Drie? Zo klein?'

Olive knikte, raapte een tak op en brak hem knakkend in kleine stukjes.

'Mama was zwanger van mij. Ze was vaak moe. Papa las een tijdschrift aan het meer. Mijn broer en Elise waren niet ver bij hem vandaan. Mijn broer was zes.'

'En toen?'

'Hij kwam plots zeggen dat Elise weg was. Mijn vader is meteen het meer in gesprongen. Duikers hebben ge-

zocht. Ze hebben de omgeving uitgekamd. Net als nu.'
'Maar een kind van drie?'
'Mama is er zeker van dat ze ontvoerd is. Ze is er ook zeker van dat jouw vriend ontvoerd is.'
'Onzin. Leo is achttien, geen drie.'
'Ja. Eenmaal achttien kan je niks meer gebeuren. Je hebt gelijk.'
Nu wist ik weer waarom ik haar gevraagd had te zwijgen. Ik stond op, mijn broek was nat geworden van het mos.
'Kom, we moeten terug.'
Eenmaal het bos uit, viel de warmte op mijn hoofd. De zoete geur van hooi, het gezoem van vliegen, het slome geklingel. Het duurde even eer ik doorhad dat ik haar voetstappen niet meer hoorde. Ze zat aan de kant van het pad. Een vijftigtal meter achter me.
'Olive? Kom op. We moeten verder.'
Ze schudde haar hoofd.
Zuchtend keerde ik op mijn schreden terug.
'Ik kan niet meer,' zei ze.
'Ja, wat wil je dan? Hier blijven zitten?'
Ze haalde haar schouders op. Ik nam haar hand en trok haar overeind, ze was zo licht als een veertje.
'Kom nu. Het wordt straks donker.'
En toen pas, veel te laat, stelde ik de vraag.
'Je ouders weten toch wel dat je bent gaan wandelen?'
Ze gaf me weer die blik van onder haar pony.
'Olive?' zei ik streng.
'Ik heb het gevraagd, maar ik mocht niet. Ik zei dat jij erbij was. Maar het mocht nog niet.'
'Verdomme, Olive. Straks hebben we heel dat reddingsteam achter ons aan. Ben je nu helemaal op je kop gevallen? Je moeder wordt gek!'

Ik nam haar hand en trok haar mee. Struikelend kwam ze achter me aan.

'Dat is het nu net! Ze is al gek! Ik mag niks. Niks! Geen twee stappen mag ik van die camping doen. Ze moet altijd weten waar ik heen ga, hoe lang ik zal wegblijven, hoe laat ik zal terug zijn. Ze belt me miljoenen keer op. Ik heb mijn gsm thuisgelaten. Met opzet! Eindelijk rust!'

Haar stem hobbelde mee op het ritme van onze passen, schokte door haar stokkende ademhaling.

'Iedereen van mijn klas gaat met de fiets naar school. Of met de bus. Ik ben de enige van wie de moeder altijd aan de schoolpoort staat te wachten. Een kwartier te vroeg! Wanneer ik vroeger in de tuin speelde, moest ik altijd in het zicht blijven. Van verstoppertje spelen werd ze hysterisch. Ik word er stapelgek van!'

Ze trok ruw haar hand uit de mijne en stond hijgend stil op het pad. Haar handen in haar zij.

'Dat halfuurtje maakt nu ook niet meer uit. Wil je alsjeblieft wat langzamer lopen?'

Ik knikte stuurs en liet haar voorop lopen, bereidde me al voor op de tirade die ik waarschijnlijk ook over me heen zou krijgen.

Tirade was het woord niet. Een orkaan was het.

Mens, wat ik had ik plots medelijden met Olive. Wat een leven. En de blikken van Dirk en Inge spraken boekdelen.

Olives vader blafte me af. Hoe haalde ik het in godsnaam in mijn hoofd met haar de bergen in te trekken?

Jongens, wat konden die overdrijven. Olive zei 'zie je wel' met haar ogen, ik gaf haar even een knipoog en ging zonder eten naar bed.

Nanou

In het donkerste hoekje van de spelonk wachtte ik ongeduldig op de schemering. Het duurde me veel te lang. Ik moest plassen en al het eten was op. Om de vier uur gaf ik Leo een pil tegen de koorts.

Hij sliep onrustig, mompelde, sloeg af en toe zijn ogen op. Elke hoestbui zorgde voor oververhitting, als een kachel die wordt opgepookt, zijn ogen als zwarte kooltjes in zijn rode gezicht. Uitgeput zocht hij dan mijn hand, mijn arm, kneep erin, liet zijn vingers ronddwalen, alsof hij troost zocht onder mijn huid. Zolang zijn ogen gesloten waren, verdroeg ik zijn aanraking. Een blik erbij was te veel. Zijn greep verslapte als hij weer insliep, maar ik liet hem niet los. Zachtjes aaiden mijn duimen de palm van zijn hand, mijn vingers klommen aarzelend tot aan zijn elleboog. Hoe zacht waren de donkere haartjes op zijn armen.

'Je kunt niet van hem afblijven, Nanou.'

'Ben je jaloers, Vincent?'

'Waarom zou ik?'

'Jij zult er altijd zijn.'

'Daarom, ja.'

Toch liet ik Leo nu los. Dat Vincent me dat kon laten doen.

Ik voelde zijn grijns.
Hij zuchtte.
'Hoe lang moeten we hier nog zitten?'
'Zeker tot het donker is. Je weet maar nooit.'
'De mensen zijn hier niet meer. Onze list heeft gewerkt. Waarschijnlijk zijn ze gestopt met zoeken.'
'Zou het?'
'Een week al? Ze blijven niet bezig.'
'Hij moet hier weg. Waarschijnlijk heeft hij bronchitis. Veel kans dat het een longontsteking wordt, als het dat al niet is. Hij heeft warmte nodig.'
'En medicatie.'
'Thuis is er nog antibiotica. Breedspectrum. Dat helpt tegen alles.'

Ik zuchtte, mijn billen werden koud van zo lang op de harde grond te zitten. Mijn rug was stijf, ik verlangde naar mijn bed.

Zachtjes vleide ik me naast Leo op de deken. Mijn hoofd op het kussen.

Hier lag ik. Naast een ander mens.

Leo

'Ik ben terug.' Haar hoofd boven mijn gezicht, haar krullen achter op haar hoofd. Zo was ze het mooist.
'Was je weg dan?'
'Ja. Het is na middernacht. Hoe voel je je?'
'Beter.'
'Goed genoeg om hier te vertrekken?'
Ze zag er vastberaden uit. Ik kon het niet geloven. Een fractie van een seconde wilde ik het niet eens meer. Wat was daar buiten?
Toch knikte mijn hoofd.
Meteen begon ze alle spullen in mijn rugzak te proppen, sjorde de deken onder me vandaan en stopte die in de kist. Ergens tijdens mijn koortsdromen had ze me weer aangekleed. Ik was de schaamte al voorbij.
Als laatste bond ze mijn ene schoen met de veters aan de sluiting van de rugzak, zette hem toen onder aan de ingang. Ik zat erbij en keek ernaar.
'Nanou. Hoe dan?'
Ze ging op het krat zitten.
'Ik heb mijn hoofd erover gebroken. De hele dag. Toen wist ik het. Het zal me lukken, Leo. Het zal ons lukken.'
Ze stak haar hand uit, ik legde de mijne erin. Onze ogen

haakten in elkaar. Langzaam trok ze me overeind, ik duizelde en voelde me zo slap als een doek.

Toch hees ze de zware rugzak op mijn schouders.

'Zo schuurt je rug niet open tegen de wand. Boven neem ik hem wel.'

Ze had een oude schommelplank onder aan het touw gebonden en hielp me erop te gaan zitten. Mijn bewegingen waren zo sloom als die van een honderdjarige.

Zij klom snel als een aap naar boven.

'Zorg dat je benen aan die kant blijven. We doen het langzaam.'

'Is Vincent daar om je te helpen?'

Haar antwoord was tien centimeter. De hoogte in. Mijn beide handen stevig om het touw geklemd zag ik mijn verblijf onder me verdwijnen. Stukje bij beetje ging ik de vrijheid tegemoet. Bijna boven voelde ik de wind door mijn haren, rook ik de geuren van het nachtelijke bos. Als bij een geboorte kwam mijn hoofd het eerst ter wereld. Achterwaarts kroop ik van de schommel, Nanou haalde de rugzak van mijn schouders. Ik ging uitgeput op de bosgrond liggen, hoestte de longen uit mijn lijf, maar elke pijn werd tenietgedaan door de aanblik van de sterrenhemel. Ik was eruit. Ik was weer boven.

'Gaat het?'

Ik knikte. Zag haar wazig. Ik geloof dat ze glimlachte.

'Plots dacht ik aan de katrol die nog in de schuur lag.'

Ik knikte weer, voelde hoe mijn hart tekeerging.

'Het is nog een kilometer of twee naar huis. Ik heb een kruk voor je.'

Om eerlijk te zijn, had ik het liefst daar liggen wachten op de zonsopgang. Mijn lijf kon niet meer.

Maar Nanou trok me overeind, legde mijn arm over

haar ene schouder en stopte een houten kruk onder mijn oksel.

'Je moet, Leo. Hoe moeilijk het ook is. Voor de zon op is, moet ik binnen zijn. Je moet dit doen voor mij.'

En zo vertrokken we. Mijn hoofd leek los te staan op mijn romp, mijn goede been was die naam niet langer waardig, mijn arm kreeg de kruk amper opgetild. Ik weet niet hoe ik het klaarspeelde. Maar ik deed het. Voor haar.

Nanou

Hij leunde loodzwaar op me. Zijn passen niet groter dan tien centimeter. Het leek wel of we ter plaatse bleven trappelen. Elke boomwortel, braamtak of kei vormde een onoverkomelijke hindernis voor zijn ene been of de kruk. Ik voelde zijn arm in mijn nek opwarmen als een kersenpitkussen, zijn hoofd zakte tegen het mijne aan. In dit tempo haalden we het nooit.

Hij hijgde, kreunde en hoestte. Enkele keren viel hij uitgeput op zijn knieën, waarna het me weer ongelooflijk veel moeite kostte hem overeind te helpen.

Na uren strompelen viel hij voor de zoveelste keer. Hoestend lag hij op zijn buik, zijn lijf schudde, hij had zijn ogen gesloten.

Ik wilde niet omkijken, want ik wist dat ik de rots nog zou zien liggen.

'Leo, alsjeblieft.'

Ik knielde naast hem, wreef zijn haar uit zijn gezicht. Onbestemd gewauwel reutelde door zijn korte ademstoten.

'Wat zeg je?' Ik ging naast hem liggen, mijn oor bij zijn mond.

'Laat me. Laat me hier, Nanou. Laat me. Ik kan niet meer.'

Het gewicht van de rugzak drukte me tegen de grond.

Hij had gelijk. Het was hier nog zo slecht niet. Als ik nu mijn ogen sloot en even sliep. Even maar?

De roep van een uil kraste door het bos, alsof hij zeggen wilde: ik niet slapen? Dan niemand slapen.

Ik sleurde mezelf overeind en keek om me heen. De bomen roerloos als zwarte pilaren, het stille dal ver onder me. De ruige ademhaling van Leo aan mijn voeten. De angst om hem te verliezen benadrukte plots mijn jarenlange afzondering.

'Nee, Leo. Je gaat nog dood hier. Je gaat nog dood. We moeten verder.'

Maar ik wist dat hij het nooit zou halen. Hij had weer hoge koorts, zijn lichaam was te verzwakt.

'Luister, Leo. Luister naar me. Leo, hoor je me?'

Hij sloeg even zijn ogen op.

'Ik kom terug. Hoor je me? Ik kom je halen. Verroer je niet. Leo?'

Zijn ogen zeiden ja en sloten zich toen weer. Even nog twijfelde ik. Toen draaide ik me om en begon te rennen. In een kwartier was ik thuis. In de schuur gooide ik de rugzak af, verstopte hem achter een baal stro en nam de kruiwagen. Ik gooide er een oude deken op en rende terug. Het houten wiel piepte en bleef voortdurend haperen, ik moest me haasten. Nog een uur en het werd licht.

Hij lag er nog net zo. Meteen legde ik mijn hand in zijn gloeiende hals, opgelucht voelde ik zijn razende hartslag onder mijn vingertoppen.

'Kom, Leo. We gaan naar huis.'

Ik rolde hem op zijn rug, sloeg mijn handen onder zijn armen door om zijn borst heen en strengelde mijn vingers in elkaar. Hij was zo slap en zwaar als een zak meel en het lukte me niet hem hoog genoeg te tillen. Ik had het verschrikkelijk warm en ik was moe. Zo moe. Even wilde ik huilen. Maar in de plaats daarvan kwam er als uit het niets een nooit geziene woede in me naar boven die zich uitte in één langgerekte oerschreeuw. Die rauwe kreet haalde een ongelooflijke kracht in me naar boven en voor ik het besefte lag Leo op de kruiwagen. Trillend schikte ik zijn benen onder zijn lichaam en dekte hem toe. Wankel duwde ik de zware vracht het bos door, meter voor meter. Ik haalde keien en takken voor het wiel weg, kon af en toe ternauwernood verhinderen dat de kruiwagen omkiepte. In mijn handpalmen vormden zich blaren, mijn schouders verkrampten, maar ik hoefde maar naar zijn wassen gezicht te kijken om moed te vinden. Het licht kroop al over de kim toen ik Leo met kruiwagen en al ons huis binnen reed. De kast door, het hok in. En daar sleepte ik hem op de matras. Ik trok mijn van zweet doorweekte kleren uit en ging naast zijn koortsige lichaam liggen. Binnen een tel was ik weg.

ZONDAG

David

Mijn beste vriend was oud nieuws. Geen jongen. Geen lijk. Zelfs geen spoor. Die gsm had niks opgeleverd. Reden genoeg voor de aasgieren om ergens anders heen te trekken.

Een voor een gingen ze. Gele grasrechthoeken waren het enige bewijs van hun eerdere aanwezigheid. Louis zag het met lede ogen aan.

Ik hoorde twee journalisten praten aan de afwasbak. Die eikel Thierry en een andere.

'Alle televisie is weg. Mijn baas geeft me nog drie dagen. Hij hoopt op een primeur voor de krant.'

Thierry.

'Ik moet vandaag weg. Stukje schrijven over die verdronken vluchtelingen.'

Die andere.

'Gelukzak. Twee dagen aan de kust?'

'Ja. Drie misschien.'

'Veel plezier dan.'

'*Merci*. Ik zou het niet mogen zeggen tegen mijn concurrent, maar ik hoop voor jou dat er hier toch nog iets gebeurt. Heb je iets aan mijn afwasmiddel?'

'Graag. Bedankt.'

Ik had zo'n zin hun domme hoofden in dat afwaswater te dompelen. Eén hoofd per teiltje. Spaghettislierten in hun haar, prei in hun oren. Opnieuw en opnieuw zou ik hen onderduwen, tot ze hikkend en proestend hun excuses zouden aanbieden.

Leo verdiende de voorpagina.

En niks minder.

Inge zat te huilen in de deuropening van de kampeerwagen. Dirk telefoneerde, ijsberend over de plots verlaten camping.

'Anna, ik weet het. Maar we kunnen hier toch niet weg? Wij kunnen hem toch niet zomaar achterlaten? Ik zal zorgen dat ze blijven zoeken! Ze moeten. Ach, meisje toch, niet huilen. Niet huilen.'

Ik was maar net op tijd. Veegde het braaksel van mijn mond, spuugde in het toilet en zakte tegen de koude tegels.

Nanou

Ik werd wakker van de middagzon. Snikheet was het.

Weer die verstikkende angst voor de dood bij de aanblik van de roerloze jongen naast me. Hij ademde. Zwakjes, maar toch.

Ik voelde me vies en plakkerig. Haastig waste ik me bij de bron. Met veel zeep wreef ik ruw al het vuil van me af. Heel mijn lijf tintelde van de kou, maar ik had nog geen zin om kleren aan te trekken. Ik vulde enkele emmers met water en droeg ze naar binnen. Naakt wandelde ik door de moestuin en zette mijn tanden in de rijpe tomaten. Het zoete sap gleed warm mijn keel in. Ik proefde de zon. De ruwe aarde was aangenaam onder mijn voeten. Ik at drie tomaten en plukte er zoveel ik dragen kon. Hun rode, gladde huidjes aangenaam tegen mijn blote buik aan. Binnen trok ik schone kleren aan en bakte een brood. Ik voelde me veilig in de donkerte van het huis, de luiken gesloten, en het was een fijn gevoel te weten dat Leo dicht bij me was.

Vincent kwam binnen.

'Het is je gelukt.'

'Ja.'

'Heb je hem in het hok gelegd?'

'Ja, hij slaapt. Kom je mee?'

We zaten samen bij hem. Praatten de hele dag, terwijl ik Leo's koorts in de gaten hield.

Af en toe opende hij zijn ogen. Zijn blik was leeg en hij glimlachte voor zich uit.

Leo

Er moest iets over de opening heen gevallen zijn.

Groen licht schemerde door het gat en ik kon de bomen niet meer zien. De wanden van de spelonk zagen er anders uit.

Warmer.

De grot was gekrompen, de muren kwamen op me af zonder dat het me angst inboezemde.

De rotsbodem was zacht. Ik sloot mijn ogen weer, de droom hield me vast. Wat was het warm. Dieper en dieper zonk ik.

Nanou

Ik depte zijn bezwete voorhoofd, verfriste zijn warme hals. Gretig zoog hij het water uit de natte doek toen ik zijn lippen ermee aanraakte. Ik liet hem drinken zoveel hij wilde en gaf hem regelmatig wat penicilline.

'Hij stinkt nog altijd. Je moet hem wassen.'

Vincent stond vanaf een afstandje naar hem te kijken.

'Ja, dan zal hij zich beter voelen.'

'Wat ga je hem aantrekken?'

'Er liggen nog kleren van vader in moeders kamer.'

'Zou je dat wel doen?'

'Waarom niet? Ik kan ze altijd weer uitwassen en terugleggen.'

'Je kunt ook wachten tot hij zelf een bad kan nemen.'

'Hij ruikt onfris, Vincent. Ik ga water opwarmen. Blijf jij maar hier.'

Een tweede keer trok ik al zijn kleren uit. Rolde hem van de matras op enkele uitgespreide handdoeken. Zijn lichaam was me vertrouwd geraakt. Heel langzaam waste ik zijn rug, voorzichtig ging mijn hand over de donkere bloeduitstorting rond zijn stuit. Ik wreef de vuile randen uit zijn nek, het geronnen bloed uit zijn haar. Zijn ademhaling was rustig, af en toe ontsnapte hem een zucht. Ik draaide hem weer om en waste zijn torso. Ik vond zijn jongemannenlichaam mooi, legde zijn armen boven zijn hoofd en waste alle muffe geuren van ziekte en zweet van hem af. Toen ik zijn geslacht waste, reageerde het op een manier die me verbaasde. Gefascineerd keek ik toe hoe het een eigen leven ging leiden.

'Dat hoort zo,' zei Vincent.
'Waarom dan?'
'Om.'
'Om wat?'
'Denk na, Nanou.'
'Het is als jouw vingers.'
'Ja.'

Ik grinnikte en begon Leo droog te wrijven. Zijn lichaam werd zacht en rozig. De vinger werd moe van zo lang staan en ging weer liggen. Ik spande de spalk weer beter om zijn been. Als een grote lappenpop kleedde ik hem aan.

Het was heel vreemd hem in kleren van mijn vader te zien, omdat ik mijn vader zelf nooit in die kleren had gezien. Ze zaten hem wat te ruim, maar hij zag er wel netjes uit. Knap zelfs.

'Vincent, kom mee naar bed, het is al laat.'
Zachtjes sloot ik de deur van de kast.

Leo

Ik leek wel in die droom gevangen te zitten. Elke keer als ik mijn ogen opende, was dat groene licht er. Die warme wanden. Dat zachte bed. Ik hoorde stemmen. Iemand vroeg. Een antwoord. Iemand lachte.
 Koelte dwaalde over mijn gezicht en hals. Ik zoog de koude op. Iets bitters werd op mijn tong gelegd. Ik hoorde iemand hoesten.
 Hoesten hoesten hoesten.
 Die had het goed te pakken.
 Ik staarde naar het groene licht terwijl ik warmte over mijn lichaam voelde vloeien, de geur van zeep.
 Kippenvel.
 Nog. Niet ophouden nu. De warmte slokte me op.

MAANDAG

David

Iemand gaf me een por. En nog eens. Zonder mijn ogen open te doen wist ik dat het donker was. Mijn voeten waren koud.

Weer een duw. Het was nacht. Niemand had me te duwen. En met dat besef kwam ook de klap van de schrik.

Meteen schoot ik overeind. Er zat iemand in de tent!

'Ha, eindelijk. Ik dacht al dat je dood was.'

'Olive, verdomme, wat denk je...'

'Ssssst. Hou toch je kop!' fluisterde ze luid. In zoverre het mogelijk is luid te fluisteren.

'Wat doe je hier? Midden in de nacht?'

'Het is al halfvijf.'

'O. Excuseer. Al halfvijf! En ik sliep nog, foei foei!'

'Je moet meekomen, ik wil je iets laten zien. Hier.'

Ze plofte mijn zware bergschoenen op mijn slaapzak en knipte een zaklamp aan. Ze zag er verbijsterend wakker uit. Mijn ogen versmalden bij het felle licht. Het enige wat ik wilde, was verder slapen.

'Kom op, haast je.'

'Olive, in godsnaam. Wat scheelt er met je?'

'Kom nu, David. Doe niet zo flauw. Het is echt prachtig.'

'Je ouders.'

'Die slapen. Maak voort, anders komen we te laat.'
'Te laat waarvoor?'
'Doe het nu gewoon,' zei ze.
Ze verliet de tent en stond me buiten op te wachten. Dacht ze nu echt dat ik op dit uur van de nacht...?

Even later liepen we door het natte gras de helling op, het was net licht genoeg om te kijken waar ik mijn voeten neerzette.
Adem verliet onze mond in witte wolkjes.
'Loop door. Anders missen we het.'
'Wat dan? De zevenjaarlijkse, nachtelijke paringsdans van het bergkonijn? De zeldzame doortocht van een troep alpenzwijnen? Een ontmoeting met het geheime genootschap der jodelaars?'
Ze lachte.
'Nee. Dat daar.'
Ze stopte zo bruusk dat ik tegen haar op botste en ik volgde haar wijsvinger naar de bergen aan de overkant. Een rosse gloed bescheen de grauwe bergtoppen. Ze zagen eruit als een smeulend stuk hout. Lichtoranje sneeuwmutsen sierden de gloeiende rotsen. Langzaam maar zeker verspreidde de gloed zich over de hele lengte van de bergkam, het licht kroop schoorvoetend het dal in, kleurde de witte hemel blauw.
Olive pakte mijn hand en trok me naast zich op een rots.
'Dat is...'
'Niks zeggen. Gewoon kijken.'
Olive had gelijk. Je kon maar beter niks zeggen.
Eerbiediger kon een stilte niet zijn.
Ik zag de aarde draaien.

Dit was wat Leo bedoelde.
De wind deed mijn ogen tranen.
De wind.

Nanou

Meteen toen hij zijn ogen opendeed, zag ik dat hij beter was. Hij keek. Niet door me heen, maar in mijn ogen. Hij glimlachte zwakjes en kwam moeizaam overeind zitten tegen de muur.
  Ik glimlachte terug.
  'Waar ben ik?'
  'In mijn huis.'
  'En je moeder?'
  'Die is er een poos niet. Heb je honger?'
  Hij knikte, keek naar het bemoste dakraampje en glimlachte weer.
  'Hoe lang ben ik hier?'
  'Het is maandagochtend. Je bent hier sinds zaterdagnacht.'
  'Ik heb gedroomd.'
  'Ik haal soep voor je.'
  Toen ik terugkwam, had hij de dekens van zich af geschopt.
  'Van wie zijn deze kleren?'
  'Van mijn vader.'
  'Is dit jouw kamer?'
  'Nee. Mijn kamer is hiernaast.'

Ik gaf hem de lepel, maar toen ik zag hoe zijn vingers zich bevend om de steel sloten, ging ik naast hem zitten en nam het van hem over.

Na een tiental happen leunde hij uitgeput tegen de wand aan.

'Ik ben nog nooit zo ziek geweest,' fluisterde hij, zijn ogen gesloten.

'Het ergste is voorbij, Leo. Nu moet je weer aansterken. Probeer nog wat te eten.'

Met moeite at hij de soep op en schoof toen weer onderuit. Ik dekte hem toe.

'Heb jij die gemaakt?' vroeg hij en hij blikte op de tekeningen.

Ik knikte.

'Vroeger.'

We zwegen een poos. Ik zag zijn ogen over mijn kinderkunst glijden tot hij weer bij mij uitkwam.

'Koeien, bergen, het huis. Het huis, bergen en koeien. Die zonsopgang is wel goed gelukt.'

Ik wist niet wat te zeggen. Het klonk als een verwijt.

'Moest je je hier verstoppen? In dit hok?'

Ik knikte. Hij noemde het 'hok'. Zie je wel?

Vermoeid sloot hij zijn ogen.

'Kom bij me, Nanou. Je bent lang genoeg alleen geweest.'

Ik wist niet of hij het meende, zo met zijn ogen dicht. Maar hij opende zijn arm en maakte een kleine beweging. Als vanzelf gleed mijn lichaam naast het zijne en het leek wel of het kuiltje onder zijn schouder speciaal voor mijn hoofd was gemaakt. Hij sloeg zijn arm om me heen en sliep alweer. Maar ik kon niet slapen. Met ingehouden adem lag ik naar de zijne te luisteren.

Vincent keek toe, ik sloot mijn ogen om hem niet te zien.

Leo

De leegte naast me vertelde dat ze weg was, maar ik was te moe om echt wakker te worden. Haar warmte lag nog in het bed, haar geur van vers gezaagd hout en buitenlucht nog in de lakens. Ik begroef mijn neus erin, opende moeizaam mijn ogen.

De zon scheen groen naar binnen, stofdeeltjes dansten in de streep licht. Ik moest plassen, maar het was alsof iemand me met grote kracht tegen de matras drukte en me verhinderde op te staan.

Daar was ze. Met tomaten in partjes en de geur van gebakken aardappelen. Twee spiegeleieren keken me vanaf het bord aan.

'Ik kan niet op.'

'Het is al middag. Je moet wat eten.'

Ze sleurde me overeind, ik trilde over mijn hele lichaam.

'Hier. Eet, Leo.'

Pas na een paar happen herkende ik de zwaarte op mijn lijf als honger.

Honger.

Honger.

'Rustig maar,' zei ze met een glimlach en ze veegde het eigeel van mijn kin.

Ze gaf me nog een pil. Het water dat ze me te drinken gaf, gleed ijskoud mijn keel in.

Ze schikte alles weer op het dienblad en stond op.

'Nanou? Ik moet eigenlijk...'

Ze knikte, wees naar de nachtemmer in de hoek en zag me twijfelen.

'Het toilet is buiten. Als je denkt dat...'

'Help je me?'

Leunend op de kruk en haar schouder stapten we een kast in. Mijn neus begraven in kleinemeisjesjurken. De kastdeur stond open en plots stond ik in een kleine slaapkamer. Een bed tegen de muur.

Het berghok was vernuftig in elkaar gestoken. Als de achterwand van de kast dicht was, kon je aan niks zien dat er nog een ruimte achter zat. 'Anne Frank anno eenentwintigste eeuw,' mompelde ik binnensmonds en ik draaide me om, schrok van mijn eigen spiegelbeeld. Nanou zag het en liet me kijken.

Wat was ik mager geworden. En bleek. Een grote pleister liep schuin van mijn voorhoofd over mijn slaap, daaronder mijn geelgroene jukbeen, geronnen bloed op mijn neus. Het korstje hing los.

Haar groene ogen, zomersproetjes.

'Kom,' zei ze.

Een krakende slaapkamerdeur, een smalle gang, een kleine keuken. Alles in hout. Een oude kachel. De droge bonk van de kruk op de houten vloer.

'Het regent,' zei ze toen we door de achterdeur naar buiten strompelden.

Een lichtgrijze lucht bedekte de bergtoppen, de frisse druppels voelden aangenaam na al die dagen binnen. Het klaterende water van de bron deed me mijn pas versnellen.

Het toilet was een gat in een plank, waarop ik uitgeput neerzakte. Mijn hoest blafte naar me in het kleine hok.
Nu nog terug.

Nanou

Zijn ogen waren al dicht voor hij goed en wel weer op de matras lag. Ik schikte zijn gespalkte been voorzichtig onder de dekens, dekte hem toe. Net toen ik dacht dat hij sliep, zei hij toch wat. Hijgend, zonder zijn ogen open te doen.
'Heb je de Eiffeltoren weleens gezien?'
'Op een foto in een boek, ja.'
Hij keek me aan.
'Ik kom je halen, Nanou. Echt waar. En dan beklimmen we samen die toren. Ik laat je heel Parijs zien. Het Louvre, de Notre Dame, we maken een rondvaart op de Seine en je kunt plassen op een wit porseleinen toilet waar water doorheen spoelt als je klaar bent. Dat bestaat, weet je. Iedereen heeft er zo een. Niemand gaat in deze tijd nog op een gat in een plank. Heeft je moeder je dat weleens verteld?'
Ik schudde mijn hoofd, schaamde me plots enorm.
Hij pakte mijn hand.
'Je hoeft je niet te schamen.'
Het was alsof hij door me heen kon kijken.
Hij viel in slaap. Pas toen zijn greep verslapte, stond ik op. Ik veegde de keukenvloer, zeulde met emmers, poets-

te wat vuil was, zorgde voor eten en zat al die tijd met mijn hoofd in Parijs. Met hem.

Ik hoorde aan zijn hoesten dat hij wakker was en bracht hem brood en kaas. Langzaam kauwend at hij het op, hij keek me voortdurend aan en glimlachte naar me.

'Wat?' vroeg ik terwijl ik mijn wangen voelde kleuren.

'Ik moet oppassen, Nanou.'

Ik kon aan zijn lach zien dat hij het niet meende.

'Hoezo?'

'Volgens mij lijd ik onderhand aan alle symptomen van het stockholmsyndroom.'

'Wat is dat voor iets?'

'Het is een psychologisch verschijnsel waarbij de gegijzelde sympathie krijgt voor de gijzelnemer. In sommige gevallen is er zelfs sprake van verliefdheid.'

Ik begreep alleen het woord verliefdheid, maar kon uit zijn toon niet opmaken of hij het meende of niet, dus haalde ik mijn schouders op en trok het laken recht.

Met een kreet liet hij weten dat zijn gebroken voet erin verstrikt zat, ik liet meteen los.

'Sorry.'

''t Is oké, Nanou. Het was maar een grapje. Ga nu niet weg,' haastte hij zich te zeggen toen hij zag dat ik aanstalten maakte om op te staan. 'Ik ben niet graag alleen.'

Die donkere ogen van hem, ik kreeg er niet genoeg van.

Pas toen de avond viel en ik naast hem naar zijn ademhaling lag te luisteren wist ik het.

Vincent was niet gekomen. Ik had hem niet gemist.

En ik wist niet of ik me daar schuldig om moest voelen.

David

De net opgekomen zon scheen schuchter op onze rug toen we het pad weer terug namen. We zwegen.

Olive sloop de caravan weer in, ik mijn tent.

De lege plek naast me was nog nooit zo leeg geweest en ik voelde hoe alles in me samenspande tegen de gedachte die me werd opgedrongen.

Ik kon niet eeuwig blijven wachten.

Om eerlijk te zijn was ik het daar kotsbeu.

En toch wist ik dat ik het niet kon. Ik kon die plek niet verlaten.

Niet zonder hem.

Toen ik weer wakker werd, tikte de regen zacht op het tentzeil. Van de zon was niks meer te zien.

Met mijn hoofd tussen mijn schouders liep ik naar de sanitaire ruimte, ik kletste wat water in mijn gezicht en ging even met mijn hand over mijn ongeschoren wangen. Het maakte een raspend geluid.

Alles was grijs en nat en verlaten.

Twee fietsers braken hun minuscule tentje af, verdeelden de bagage onder elkaar, klikten hun helmen vast en reden de weg op. Je moest goed gek zijn.

De vader van Olive kwam een fluitketel vullen en knikte me even gedag. Ik knikte terug. Toen hij naar buiten ging, hield hij plots halt in de deuropening, keerde zich toen om.

'Als je wilt. We zetten koffie. Het is geen weer om in een tent te zitten.'

'Bedankt, maar...'

'Je komt maar. Kom maar.'

Olive keek verrast op toen ik achter haar vader de caravan in kwam. Ze droeg een nachtpon met Snoopy en het leek wel of ze met opzet haar haar extra in de war had gemaakt om er slaperig uit te zien.

We wisselden een blik van verstandhouding en ik schoof tegenover haar aan het kleine tafeltje bij de deur. Het rook er nog naar slaap, haar moeder klikte een raampje op een kier en de regen op het dak maakte een gek, tsjilpend geluid. Haar vader zette de ketel op en ging bij zijn vrouw aan het andere tafeltje zitten.

'Geen nieuws?' vroeg de moeder.

Ik schudde mijn hoofd. Had geen zin om het erover te hebben.

Olive wist dat en zond haar moeder een vernietigende blik, stond vervolgens op en reikte naar iets op een plank boven mijn hoofd. Ik rook de zoete geur van haar nachtpon, haar haar kietelde mijn gezicht.

'Wil je... Alsjeblieft?'

Ik keek naar het vriendenalbum dat ze voor me neerlegde, een pen ernaast.

Jongens, dat had ik op de lagere school voor het laatst gezien. Ik slikte mijn lach in toen ik zag dat ze het meende en bladerde door het volgekrabbelde boekje tot ik een lege bladzij vond.

Naam. Adres. Lievelingseten.

'De mijne is ook paars,' zei ze zacht alsof onze lievelingskleur genoeg was om voor eeuwig samen te blijven.

Ik voelde me opgelaten en aarzelde lang bij de laatste vraag: *Dit vind ik fijn aan jou*. Ze keek gespeeld onverschillig naar buiten, haar hand onder haar kin, en ze trommelde met de vingers van haar andere hand zacht op tafel. Floot ze nu tussen haar tanden? Ik grinnikte en schreef: *Je doet me vergeten. Al is het maar voor even*.

Vond het meteen te serieus klinken, maar kon het ook niet weggummen.

Ik klapte het boekje dicht en schoof het over het tafeltje heen.

'Dank je wel,' zei ze met een glimlach en ik hoopte dat ze er niet meteen in zou lezen.

De ketel begon sputterend te fluiten, haar vader legde hem dadelijk het zwijgen op.

De sfeer tijdens het ontbijt was gespannen. Olives ouders zeiden geen woord tegen elkaar. Maar de koffie smaakte, de broodjes ook.

Na een korte klop kwamen Dirk en Inge de caravan in. Het was er plots veel te klein.

'Goedemorgen,' bromde Dirk en hij keek even verbaasd toen hij mij zag zitten, maar richtte zich meteen naar Olives ouders.

'En?' vroeg Olives vader.

'Het is gelukt. We hebben hen zover gekregen dat ze de achterkant van die berg nog zullen uitkammen.'

'Op jullie kosten?' vroeg de moeder.

'Uiteraard,' zuchtte Dirk.

Olive rommelde de vuile vaat bij elkaar en stopte het teiltje in mijn handen.

Goed idee, ik wilde daar weg.

'We kunnen het ook gewoon buiten laten staan,' grapte ze toen we door de regen naar de afwasplek liepen.

We moesten wachten op een oude man die tergend traag elk vlokje schuim op kop of bord onder een summier straaltje water wegspoelde.

Ik rammelde met het teiltje, ademde in zijn nek, siste tussen mijn tanden en draaide met mijn ogen. Kon hij voortmaken?

Olive stond ondertussen met haar vaatdoek rond te zwaaien terwijl ze danste op onhoorbare muziek.

'Wind je niet zo op,' zei ze uiteindelijk. 'Het is nu niet dat we dringend wat anders moeten doen.'

Kon wel zijn. Maar het hielp niet. Dus vloekte ik nog eens hartgrondig toen de man onder het afdakje uit schuifelde en ik hoopte dat hij van het trapje zou struikelen.

En natuurlijk was al het warme water op.

DINSDAG

Leo

Het was niet Nanou die het gestommel veroorzaakte, want die draaide net de deur op slot en dook vliegensvlug in een hoekje van het hok, haar neus tussen haar knieën.

Ik ging overeind zitten en werd bang van de grondeloze angst in haar blik.

Ik hoorde een mannenstem. Twee. Ze dwaalden door het huis. Deuren werden geopend en gesloten. Ze klonken onrustig.

Nanou leek in een ijsbeeld te zijn omgetoverd. Ze knipperde angstaanjagend lang niet met haar ogen.

'Thierry, komaan. Ik vind dit toch maar niks.'

Vlakbij waren hun stemmen. Nerveus.

'Doe niet zo flauw, Christophe. We zijn er nu. Zeg niet dat we voor niks een halve dag gelopen hebben. Dat mens is toch niet thuis. Ik kan niet naar de redactie zonder verhaal. Die gast vinden ze nooit meer. Ik moet met ander materiaal aankomen.'

Lades werden opengetrokken en piepend weer gesloten, voetstappen klonken hol op de plankenvloer.

'En wat denk je hier dan te vinden?'

'Zou je niet beginnen met foto's te maken? Dit hier is

vast de kamer van het meisje geweest. Kijk, haar kleren hangen hier verdomme nog!'

Ik hoorde het piepen van de kastdeur en zag Nanou nog meer verstijven.

'Prachtige kop toch: "Kinderkamer meer dan tien jaar onveranderd".'

Het waren journalisten. En al wat ik hoefde te doen was roepen. Niet eens. Eén kik was genoeg. Waarom deed ik het dan niet?

Omdat haar ogen me smeekten te zwijgen.

Omdat ik het dat gespuis niet gunde me te vinden.

'We kunnen die foto toch niet zomaar in de krant laten zetten? Dan weten ze dat we hier ingebroken hebben.'

'Schijtluis! Dat mens leest niet eens een krant! Geef hier, dan doe ik het wel.'

Ik hoorde het klikken en zoemen van een fototoestel.

'Zo. En nu naar de schuur. We moeten een foto hebben van de balk waaraan die vader zich heeft verhangen.'

'En moeten we dan dat hele eind weer terug?'

De stemmen stierven weg, een deur werd dichtgeklapt. Naar mijn gevoel had Nanou al die tijd niet geademd. Langzaam kroop ik naar haar toe. Haar handen voelden aan als ijs en toen ik haar tegen me aan wilde trekken, kantelde ze om als een grote kei, haar hoofd op mijn schouder, haar handen nog steeds om haar knieën geklemd. Zachtjes streelde ik haar dikke krullen, streek enkele lokken achter haar oor, drukte een kus op haar hoofd. Zo bleef ik bij haar zitten, tot de kei langzaam weer een meisje werd.

'Ze zijn weg, Nanou.'

Ze stond wankel op en ging op de matras liggen, ik ging zwijgend naast haar liggen en wachtte tot ze iets zou zeggen. Ik viel haast in slaap, toen ze dan toch wat zei.

'Mijn vader is vermoord,' fluisterde ze. 'Hij heeft zich niet... Hij is vermoord.'
Ik knikte.
'Waarom zeggen ze dat dan? Waarom zeggen ze zulke enge dingen, Leo?'
'Ik weet het niet, Nanou.'
'Waarom komen ze hier zomaar binnen?'
'Het zijn slechte mensen.'
'Moeder heeft gelijk. Mensen zijn niet te vertrouwen.'
'En ik dan?'
'Jij bent de enige.'
'En Vincent dan?'
'Dat is anders.'
'Krijg ik hem ooit te zien?'

Nanou

'Ik denk niet dat hij jou wil zien,' zei ik zonder hem aan te kijken.

Mijn verschrompelde maag ontspande zich langzaam.

'Zijn ze echt weg, denk je?'

Leo knikte. Hij viel in slaap. Maar ik was niet ziek en ook niet moe. Ik was alleen maar bang. Waarom zeiden ze dat mijn vader zich verhangen had? Wat moest ik nog geloven? Moeder kon zeggen wat ze wilde. Ik ging overeind zitten.

'Vincent?' fluisterde ik. 'Waarom zeggen ze zulke enge dingen?'

'Misschien is het waar.'

'Ik wil niet dat het waar is.'

'Eigenlijk weet je ook niet wat er met Charlotte gebeurd is. Vermoord, ja. Maar door wie? En hoe? En waar? En waarom?'

'Moeder wil er niet over praten. Dat begrijp je toch? Het is te pijnlijk.'

'Je hebt recht op de waarheid, Nanou.'

'Ik weet niet of ik die wel aankan.'

'Wat zochten die mannen? Wat zij niet vonden, vind jij misschien wel.'

'Bedoel je die la in de commode?'
'Ja.'
'Moeder heeft die sleutel bij zich.'
'Het is maar een la. Die krijg je zo open.'
'Ze zal het merken.'
'Je hebt recht op de waarheid, Nanou.'

David

'Ik heb net zolang gezeurd tot het mocht.'
'Ik weet niet, Olive.'
'Komaan. Wat wil je dan? Nog een dag in de regen zitten? Saaie gezelschapsspelletjes doen? Kijk dan!'
Ze duwde me een foldertje van het waterparadijs onder mijn neus. Negen zwembaden, tig glijbanen, en alles wat je nog meer van zo'n subtropisch gedoe mag verwachten.
'Mijn vader rijdt, je kunt gewoon met ons mee.'
Ik zuchtte. Wat moest ik zeggen? Dat ik het niet gepast vond? Wat zouden Inge en Dirk denken?
'Je moet je niet schuldig voelen omdat je iets leuks gaat doen, David.'
'En wat als hij net vandaag...'
Maar ik las in haar ogen wat ik zelf ook dacht.
'Doe het dan voor mij. Alleen is er niks aan. En het loopt er vast vol knappe grieten.'
Ik gaf haar een stomp, ze mepte terug.
'Oké, dan. Om jou een plezier te doen.'
'Super! Ik zie je over een kwartier bij de auto.'
In de tent zocht ik mijn zwembroek en wat handdoeken bij elkaar. Net voor ik de tent dichtritste, mompelde ik:

'Sorry, maat', en met een steen in mijn maag liep ik door de gietende regen naar de parkeerplaats.

Uren deden we over amper honderdtwintig kilometer. Prehistorisch gewoon.
Alleen de laatste vijftig kilometer konden we doorrijden. Welkom in de beschaving, waar ze wegen bezitten die langer dan vijftig meter rechtdoor gaan! Kotsmisselijk was ik na al dat bochtenwerk en de zin om te zwemmen was over. Het koppel gedroogde pruimen voor in de auto droeg ook niet echt bij tot een gezellige sfeer. Olive vulde de stilte op met kinderachtige autospelletjes en veel gegiechel.
Gelukkig scheen de zon. Eenmaal de berg af, was de lucht blauw. De wolken kleefden als suikerspin aan de bergflanken.

Olive zag er sprieterig uit in haar badpak en ze was zo enthousiast als een kleuter. Haar ouders vatten post aan een nat, plastic tafeltje in het overvolle zwembad.
Het water was allesbehalve subtropisch en verkleumd ging ik Olive achterna, die dartel de trappen van een glijbaan op huppelde om meteen in de staart van een eindeloze rij rillende tieners te belanden.
'Leuk, hè!' probeerde ze.
Ik knikte stuurs en keek naar het fraaie achterwerk van een blondine in een roze bikini, een paar treden hogerop.
Oké, misschien werd het wel wat.

Maar het werd niks.
Veel lawaai, slappe frieten en een dertienjarige die te veel haar best deed om alles superleuk te vinden. Ik voelde me rusteloos en ergerde me aan het rumoer.

Ik had nooit gedacht dat ik dit zou zeggen, maar ik was blij weer op de kampeerplaats te zijn.
Rust. Stilte.
En regen.
Ik kon weer wachten.

Leo

Toen ik wakker werd, was het schemerig. Nanou lag niet langer naast me. Langzaam stond ik op, plaste in de nachtemmer en deed het deksel er weer op. Heel voorzichtig stapte ik de kast in.

De slaapkamerdeur stond op een kier, de scharnieren kraakten toen ik ze verder opende. Nanou zat aan de keukentafel en keek op. Haar gezicht nat van de tranen, de olielamp wierp haar gele schijnsel op een hoop krantenpapier. Stukjes, snippers.

'Nanou?' Ik hinkte naar de tafel, ging naast haar op een stoel zitten en pakte een knipsel.

Meisje sterft onder vrachtwagen

Een meisje (van zeven) dat terug huiswaarts keerde na haar eerste schooldag, is gisteren op verschrikkelijke wijze om het leven gekomen onder de wielen van een vrachtwagen, terwijl haar machteloze vader alleen kon toekijken.

Charlotte Durnez stond langs de kant van de weg op haar papa te wachten om huiswaarts te keren na de busrit van school, toen een voorbijrazende vrachtwagen haar greep en meesleurde. De chauffeur poogde het kind nog te ontwijken, maar door de zware lading boomstammen slaagde hij er niet in tijdig te remmen. Het kindje stierf onder de wielen van de vrachtwagen.

De papa van Charlotte was die dag om een onbekende reden iets te laat en wandelde net op het moment van het ongeval de bergflank af, om zijn dochter te vergezellen voor de lange bergwandeling van twee uur naar huis. Hij zag Charlotte wel al in de verte langs de kant van de weg staan toen het ongeval gebeurde. De man, die werkt als bosbeheerder en met Charlotte en zijn echtgenote hoog op de bergflank woont, heeft het drama voor zijn ogen zien gebeuren. Hij werd in shock afgevoerd naar het dichtstbijzijnde ziekenhuis.(cds)

Ik was sprakeloos. Nanou zat als een verwelkt plantje naar de krantenknipsels te staren, haar ogen rood van het huilen.

'Waarom heb je me niet wakker gemaakt?'

'Vincent was bij me.'

'Staat er ook iets over je...'

'Ja. Het is waar. Vader heeft zich opgehangen in de schuur. Een week na Charlottes begrafenis.'

Ik nam haar hand in de mijne.

'En je wist hier niks van?'

Ze schudde haar hoofd.

'Moeder heeft me willen sparen. O, god, hoe verschrikkelijk moet het geweest zijn voor haar.'

Ze begon weer te snikken, legde haar hoofd op de tafel.

Ik keek naar een zwart-witfoto op broos geworden krantenpapier. Een donkerharig meisje keek vrolijk de lens in, haar hoofd wat schuin, een wit kraagje als een bloemetje rond haar hals.

Een andere foto toonde het gezin, Charlotte in het midden, haar kleine knuistjes in de handen van haar vader en moeder. De vader was een rijzige man, geen wonder dat ik in zijn kleren zwom. De moeder klein maar stevig, korte benen. Op de achtergrond het huis.

'En toch is dat geen reden om jou op te sluiten, Nanou. Er zijn zoveel mensen die nare dingen meemaken.'

'Je snapt er niks van, Leo. Je begrijpt niet hoe het is hier te leven. Moeder had alleen mij nog. En ik heb alleen haar.'

'Niet waar. Je kon zoveel meer hebben. Daar gaat het om. Je moeder had het recht niet je leven af te pakken. Je zo op te eisen. Het was een ongeluk. De kans dat zoiets een tweede keer gebeurt, is verwaarloosbaar klein.'

Boos schoof Nanou haar stoel achteruit, opende de achterdeur en liep naar buiten, het duister in. De kou kwam ongenodigd binnenwarrelen.

Ik zuchtte.

Wie was ik ook om een oordeel te vellen? En toch, het verbaasde me hoe Nanou zich al die tijd had geschikt in haar lot. Stelde ze dan geen vragen? Waarom was ze nooit in opstand gekomen?

Haar moeder had haar gehersenspoeld, haar vreselijk bang gemaakt. Dat kon niet anders.

Ik bekeek de andere knipsels. De ene kop nog groter dan de andere. Hele bladzijden werden eraan gewijd.

JUF: HET WAS EEN AARDIG MEISJE.

WONEN IN AFZONDERING.

WAAR ZAT DE VADER?

NEGENTIENDE-EEUWS.

VADER KAN SCHULD NIET AAN.

THUISONDERWIJS ONDER DE LOEP.

En bij elk artikel diezelfde foto van Charlotte. Het huis. De ouders.

Ik hinkte naar buiten, de maan scheen, en ik zag haar silhouet op de bank naast de schuur.

'Je lijkt niet op haar,' zei ik zacht toen ik naast haar ging zitten.

'Ik lijk op mijn grootmoeder, zegt moeder.'

'In geen enkel krantenknipsel staat iets over jou. Over het feit dat je moeder jou verwachtte.'

'Ze wist het vast zelf nog niet.'

Ze staarde voor zich uit.

We zwegen. Hoe stil kon het zijn hier. Hoe stil. Kleine lichtjes aan de overkant van het dal waren het enige bewijs van ander leven. De kou kroop uit de grond naar boven, over mijn benen, in mijn handen, die zich aan elkaar probeerden te warmen. Ik rilde.

'Je moet naar binnen, Leo. De kou is slecht voor je longen.'

'Kom je mee?'

'Laat me hier nog maar wat zitten. Dit is mijn leven, Leo. Ik ben gewend alleen te zijn.'

Ik stond wankel op, steunend op de kruk, en wist dat Vincent mijn plaats zou innemen. Met hem praatte ze. Met hem wel.

Even later hoorde ik de deur kraken, een schaduw met een lamp kwam het hok in.

'Slaap je?'

'Nee.'

Ze kwam naast me zitten. Gaf me water en een pil.

Ik moest het weten.

'Is hij er nu?'

'Wie?'

'Vincent.'

Haar ogen vluchtten uit de mijne. Een korstje op haar elleboog was plots veel interessanter. Ze pulkte eraan, bloed welde op, ze blies erover met getuite lippen.

'Wat bedoel je?'

Haar blozende wangen deden de geforceerde luchtigheid van haar woorden teniet.

'Ik hoorde jullie praten tijdens mijn koortsdromen. Maar ik hoorde alleen jou, Nanou. Dat besefte ik later pas. Ik hoorde alleen jou.'

'Vincent praat zacht,' zei ze, maar ze wist hoe onnozel dat klonk en probeerde zich te redden met een smekende blik.

'Omdat hij niet bestaat?'

'Hij bestaat wel.'

'Voor jou, ja.'

'Niet doen, Leo.'

'Is hij hier nu? Kijkt hij naar ons?'

Alles aan haar zei dat ze dit gesprek niet wilde voeren. Toch bleef ze.

'Alleen als ik dat wil.'

'En wil je dat?'

Ze haalde haar schouders op en keek achterom.

Nanou

Vincent was boos.

'Wat doe je, Nanou? Hou op. Jij bent van mij, en ik van jou. Hij moet zich er niet mee bemoeien. Hij zet je tegen je moeder op. Hij probeert je voor zich te winnen. Wat weet hij nu van jouw leven? Van ons? Hij snapt het niet, Nanou. Niemand begrijpt ons.'

Leo

'Praat hij tegen je? Nu?'
 Ze keek me even aan en toen weer naar de leegte achter zich. Radeloos.
 'Hou op! Alle twee! Vraag dat niet van me.'
 Ze stond op, pakte de lamp en liep de kamer uit.
 Gaf ons het nakijken.

Nanou

Natuurlijk wist ik het. Maar ik haatte het als iemand me eraan herinnerde.

Altijd moeder. Nu Leo.

Het was niet nodig het me nog eens onder mijn neus te wrijven. Ik wist het wel. Maar dat wilde niet zeggen dat ik het wilde weten. Te veel nadenken deed Vincent verdwijnen. En ik had hem nodig. Ik kon niet zonder hem. Net nog.

Ik kon niet tegen Leo zeggen wat ik voelde. Wat die verschrikkelijke ontdekking met me deed. Ik kon zijn woorden niet verdragen, ze kwamen zo onverwacht. Ze maakten me onrustig. Vincent begreep me. Alleen hij kende mijn leven.

Een mens is niet gemaakt om alleen te zijn.

Dat had Michel eens gezegd. Lang geleden.

Een mens is niet gemaakt om alleen te zijn.

Toen wist ik dat het mocht. Dat Vincent mocht bestaan. Voor mij wel.

Hem wegsturen was ondenkbaar. Eenzaamheid staarde me met lege ogen aan als ik er zelfs maar aan dacht hem te vergeten.

En nu was Leo er.

Iemand om mee te praten zonder te weten wat hij ging zeggen.

Maar hij zou weggaan. En Vincent zou me nooit verlaten. Nooit.

Die nacht sliep ik in mijn eigen bed.

Die twee moesten hun eigen plan maar trekken.

WOENSDAG

David

Olive en ik zaten voor de caravan.
Geamuseerd keken we toe hoe Thierry en zijn schoothondje hun tent afbraken.
Eindelijk.
Dat onderkruipsel kon maar beter niet in de buurt zijn als er nieuws van Leo kwam.
Olive nam een grote hap uit haar appel en veegde het sap van haar kin.
'Vind je het erg?' vroeg ze met volle mond.
'Dat die twee weg zijn? Natuurlijk niet. Het is uitschot.'
'Ja. Maar zij waren wel de enigen die nog in de zaak geïnteresseerd waren. Lijkt het nu niet of...'
'Nee, Olive. Zolang wij maar geïnteresseerd blijven.'
'Dirk is met het team mee vandaag.'
Ik keek haar aan. Ze nam nog een hap.
'Echt?'
Ze knikte.
Het stak een beetje dat hij me niet gevraagd had mee te gaan.
Olive liet het klapstoeltje wiebelen, keilde haar klokhuis de wei in en keek me aan.

'Morgen komt mijn broer. We gaan hem oppikken op het station, in de stad.'

Ik zei niks.

'We rijden door naar Spanje. Overmorgen.'

'O.'

Ik stond op en liep naar de tent, liep eromheen en duwde hier en daar een haring dieper de grond in met de hak van mijn schoen. Eén haring boog dubbel onder mijn gewicht.

Ik vloekte en kroop de tent in, ging op het luchtbed liggen.

Olives schaduw tekende zich groot af op het tentzeil toen ze in het gras neerhurkte.

'Elise is er niet meer,' zei ze zacht door het doek heen. 'We moeten verder.'

'Naar Spanje?'

'Met ons leven.'

De schaduw stond op, werd weer kleiner.

Ik kwam de hele dag de tent niet uit.

Leo

Ze kwam niet met ontbijt. Na lang wachten liep ik de kast door. Ze lag nog in bed en keek naar het plafond.
'Ben je boos?'
Ze schudde haar hoofd.
Ik ging op de rand van het bed zitten, werd overvallen door een hoestbui. Ze kwam naast me zitten en wreef over mijn rug tot het over was.
De zon scheen vandaag. Haar witte nachtjapon stak fel af tegen haar gebruinde benen. Ik had op haar gewacht gisteren, maar ze kwam niet bij me liggen.
'Je houdt meer van hem.'
Ze staarde naar buiten.
'Natuurlijk hou je meer van hem. Jij hebt hem geschapen. Hij kan alles zijn wat je maar wilt.'
Ze volhardde in stilzwijgen.
'Maar hij kan je niet alles geven, Nanou. Hij is niet echt.'
'Voor mij wel.'
Ik schoof dichterbij, legde mijn arm om haar schouders, trok haar zacht tegen me aan.
'En als hij dit doet, Nanou? Wat als hij dit doet?'
Haar lichaam spande zich, maar ze liet mijn aanraking toe.

'En zijn ogen in de jouwe, Nanou? Net als de mijne nu. Is dat echt?'

Ik nam haar kin zachtjes tussen duim en wijsvinger, ging met mijn duim over haar volle lippen.

'Dit is echt, Nanou. Zo echt als maar kan zijn.'

En ik kuste haar. Nam geen afstand. Haar adem op mijn mond. Kuste haar nog eens en verbaasde me over het verlangen dat ontstond. Mijn hand verhuisde naar haar nek, haar ogen sloten zich, haar lippen vroegen.

'Dit is echt,' fluisterde ik nog eenmaal. Maar dat was voor mezelf bedoeld.

Nanou

Hij had een smaak. Een geur.
Hij had warmte en adem en een tong die dingen deed die ik zelf nooit had kunnen verzinnen.
Andere handen.
Ik voelde slechts de helft. Mijn helft.
Aanraking gedeeld door twee.
Zijn hand onder mijn bloes. Zo vaak had ik een hand onder mijn bloes gevoeld. Op mijn borst. Ik voelde de hand op mijn borst, maar niet mijn borst in mijn hand. Hoe had ik ooit kunnen denken dat het genoeg was? Dat het genoeg was wat ik deed?
Hoe overheerlijk spannend was het niet te weten waar zijn hand heen zou gaan. En wat moest ik met de mijne nu mijn lijf al bezet was? Ze hingen daar ergens in de lucht werkloos toe te zien hoe hun lichaam was overgenomen door vreemden.
Tot mijn vingers haren vonden om in te verdwalen. Zijn haren.
Een rug om over te lopen. Zijn rug.
En armen. En benen.
Hoe verrukt waren mijn handen dat andere lijf te voelen. Kleren los te knopen zonder zelf naakt te worden.

Alles wilden ze voelen. Alles.
Ook dat.
Zijn adem stokte en hij greep mijn pols vast.
'Hé, niet te snel.'
Wat snel? Wat deed ik snel?
'We kunnen het beter hierbij laten, niet? Neem je de pil?'
'Welke pil?'

Leo

Ze wist van niks. Dat zag ik. En, god, wat had ik zin in haar, maar het kon niet. Dit kon ik niet maken. Ze had me totaal overrompeld. Nooit had ik gedacht. Verwacht. Dat ze meteen al. Maar haar handen kenden geen schaamte. Nieuwsgierig tastten ze mijn lichaam af, geen onderscheid makend tussen welk deel dan ook.

Nooit had een meisje me zo van de kaart gebracht.

Ik kuste haar opnieuw, streelde haar en ging naast haar onder de dekens liggen.

'Je bent nog jong, Nanou.'

'Jong voor wat?'

Nanou

En hij vertelde me alles wat ik wilde weten. Alles wat ik nooit van mijn moeder zou horen.

'Een kind?' vroeg ik uiteindelijk.

Hij knikte.

'Ik zou het niet erg vinden. Niet als het ook jouw kind zou zijn.'

Hij glimlachte.

'Nee, Nanou. Je bent nog te jong. Je moet nog zoveel ontdekken. Er is nog zoveel te doen daar beneden.'

Ik wilde niet naar beneden. Als hij maar bij me bleef. Zo was het goed, meer had ik niet nodig. Ik kon wel weken zo in bed blijven liggen, naast hem. Zijn stem in mijn oor, zijn hand op mijn buik.

'Ben je niet moe?' vroeg ik.

'Ik heb al veel te veel geslapen.'

'Je bent beter, niet?'

Hij knikte.

'Veel beter.'

Hij keek diep in mijn ogen. De zijne glommen als zwart glas.

'Ik moet naar huis, Nanou.'

Ik knikte langzaam, voelde elke spier verstijven.

'Wanneer?' vroeg ik, mijn stem verstikt.

'Morgen.'

Hij legde zijn hand op mijn wang, aaide mijn gezicht, kuste de tranen weg.

De zon scheen op het huis. Ik vulde de teil met warm water. Ze was te klein voor twee. We kropen er samen in. Zijn benen over de rand, mijn rug tegen zijn borst, mijn knieën tegen mijn neus. Zacht waste hij mijn rug, mijn schouders.

'Ik zal niks zeggen, Nanou. Over jou. Ik beloof het. Ik zal niks zeggen.'

Hij haalde het haar uit mijn nek en drukte er een kus op. Al mijn haartjes gingen rechtop staan.

We bleven zitten tot het water koud was, gingen toen opdrogen in de zon.

'Zo?' vroeg hij nog.

'Natuurlijk. Hier komt niemand.'

Met gesloten ogen leunde hij tegen het warme hout van de schuur, af en toe hoestte hij. De wond op zijn been was geheeld, zijn voet was minder dik, minder blauw.

Het was heet, voor het eerst sinds lang. Ik trok een gele zomerjurk aan, die me eigenlijk al te klein was, en ging drinken aan de houten pijp, bracht hem ook wat water. En zijn kleren.

'Toch weer moe?' vroeg ik.

Hij knikte.

'Kom uit de zon, je verbrandt nog.'

David

Hun Volvo stond met de kofferbak open naast de caravan. De tafel en de klapstoeltjes zaten er al in.

Olive hield een tentstok van de luifel vast terwijl haar vader het zeil moeizaam van de caravan lostrok.

'Dacht al dat je nooit meer uit die tent zou komen,' zei ze langs haar neus weg en ze verslapte haar greep, waardoor haar vader onder het zeil verdween.

Ik moest nodig. Dat was de reden dat ik uiteindelijk toch uit die tent was gekomen. Het was al laat in de middag en snikheet.

'Olive! Hou die stok recht!'

Ik ging, mijn handen in mijn zakken.

Van het sanitaire blok liep ik meteen naar het meer. Voorbij het geïmproviseerde terras voor de chalet, waar Louis met een klant stond te babbelen. Vanuit mijn ooghoek zag ik dat hij zijn hand opstak. Ik negeerde hem en liep tot ik uit het zicht was.

Daar ging ik zitten, schopte mijn slippers uit en liet mijn voeten in het ijskoude water zakken.

Ik werd waanzinnig van die onrust in mijn kop. Die knagende leegte in mijn lijf.

Dat holle gevoel dat alleen Olive af en toe opvulde.

Met onzin of ergernis, ja. Maar vaak ook met wat rust.
En nu ging ze weg.
'Verdomme, Leo. Kom toch gewoon die berg af, man.'
Ik wilde niet huilen. Dat hielp geen steek.

Het was al te donker om mijn rode ogen nog te kunnen zien. Dat hoopte ik althans toen Olive later naast me kwam zitten. Ik was door en door koud en stijf van het lange zitten. Ik voelde me verdoofd en vond het wel goed zo.
Ze stak me een suikerwafel toe.
'Dank je.'
Ik at de wafel meteen op. Het was het eerste wat ik at die dag. Olive taterde over van alles en nog wat, ik luisterde niet echt en dat wist ze, maar ze vond het niet erg.
Toen zweeg ze en pakte mijn hand.
Dat deed ze wel vaker, maar dit voelde anders. Ik krabde in mijn nek om uit dat gevoel te kunnen ontsnappen.
Ik keek haar aan. Wat zat ze plots dichtbij.
'Kus me, David.'
Ik schoot in de lach en had er meteen spijt van.
'Olive, toch.'
'Ik hou van je. Heb je dat nu nog niet door?'
Ze stond op en liep naar het water, haar armen over elkaar geslagen, haar schouders tot aan haar oren.
Zuchtend stond ik op, liep naar haar toe. Boos zette ze enkele passen voorwaarts. Nu stond ze in het ijskoude water. Met haar schoenen aan.
'Ik ben toch veel te oud voor je?'
Ze draaide zich bruusk om, tranen in haar ogen.
'Aan wie moet ik het dan vragen, hè? Ik ben nog nooit gekust. Nog nooit!'

'Je bent dertien!'

'Veertien! Je vindt me gewoon lelijk. Iedereen vindt me lelijk. En stom. Nooit zal iemand me kussen. Ik blijf alleen tot ik honderd ben!'

Ik had nog steeds moeite mijn lach in te houden. Haar ernst was zo schattig, haar natte wangen zo triest. Ik trok haar uit het water. Met soppende schoenen liep ze tot aan de rots. Daar ging ze zitten.

'Olive toch. Je bent niet lelijk. Je bent mooi. En er is nog tijd genoeg om gekust te worden. Ik ben er zeker van dat ze binnenkort met bosjes achter je aan zullen zitten. Ze zullen nog om je vechten.'

Er kon een klein lachje af.

'En je bent niet stom. Ik vind je juist heel lief.'

'Waarom wil je me dan niet kussen? We zijn toch vrienden? Ik wil het gewoon zo graag één keer...'

'Maar juist omdat we vrienden zijn, doe ik het niet, Olive. Juist omdát we vrienden zijn.'

Ze slikte het en veegde haar tranen weg.

'Kom je niet met ons mee?'

Ik schudde mijn hoofd.

'Maar hoe lang ga je hier nog blijven?'

'Ik weet het niet, Olive. Maar ik kan niet weg. Echt niet.'

Ik ging naast haar zitten en keek over het water. Een vis kwam met een klokkend geluid even aan de oppervlakte. Olive pakte mijn hand, ik legde mijn arm om haar heen.

En zo zaten we, tot haar moeder riep dat het bedtijd was.

DONDERDAG

David

Het was nog vroeg, toen ik de Volvo hoorde starten. Olive ging haar broer halen en morgen zou ze uit mijn leven verdwijnen.

Ik stond op en klopte op de deur van de kampeerwagen. Goed slapen was iets uit een ver verleden. Dat zou bij hen vast niet anders zijn.

Dirk zag er geradbraakt uit toen hij me zwijgend binnenliet. Er was al koffie.

'Ik kwam vragen hoe het gisteren...'

Zuchtend ging hij zitten, schudde zijn hoofd. Zijn grijze haar stond alle kanten uit, zijn kleren zaten hem te ruim, donkere kringen tekenden zich af onder zijn ogen. Langzaam maar zeker begon hij op Olives vader te lijken.

'Ik had het beter niet kunnen doen,' zei hij en hij schonk me bibberend koffie in.

Hij schoof me de melk en suiker toe.

'Ik werd gek, David. Achter elke boom of steen zag ik hem liggen, elke rode bloem kon zijn rugzak zijn, elke modderklomp zijn schoen. Ik ergerde me dood aan het tempo van die redders. Ze gingen altijd te snel of te traag naar mijn zin. Ik ging dood van angst in het kwartier dat het duurde om een van die mannen aan een touw in een kloof te laten zakken. Razend was ik toen hij riep dat hij niks had gevonden. En toch ook opgelucht. Krankzinnig.'

Dirk keek me aan, zette zijn bril af en wreef met zijn beide handen vermoeid over zijn gezicht.

'Op den duur ga je hopen op een lichaam. Als we nu toch maar zijn lichaam...'

Zijn ogen vulden zich met tranen, ik wist niet waar ik moest kijken, Inge ging met haar hand over zijn rug. Lijkbleek zat ze zich flink te houden.

Dirk pakte zijn zakdoek en veegde zijn ogen droog.

'En jij, David? Wil je niet naar huis? Wat zegt je moeder?'

'Ze belt me elke dag. Ze vraagt of ik naar huis kom, maar ik kan hem niet achterlaten.'

'Ik weet het, jongen. Maar misschien moeten we stilaan aanvaarden dat Leo óns heeft achtergelaten.'

Ik keek hem een ogenblik star aan. Stond toen op.

'Je bent zijn vader, hoe kun je zoiets zeggen?'

Dirk stond ook op, greep mijn pols.

'Omdat we kapotgaan als we hem niet kunnen loslaten, David. We gaan kapot. Kijk naar Catherine en George. Die mensen leven niet meer. Die worden geleefd. Zo krampachtig houden ze vast aan het idee dat hun dochtertje nog leeft. Al der-tien jaar!'

Ik wrong me los en liep naar buiten.

'We moeten hem laten gaan, David! We moeten!' schreeuwde hij me na en hij probeerde zo vooral zichzelf te overtuigen.

Leo

Alleen haar jurkje lag er nog.
De thee was koud geworden, het brood droog.
Ik had geen honger.
Vandaag ging ik die berg af. Het had lang genoeg geduurd.
Ik wilde dat ze met me meeging maar dat wilde ze niet. Dat durfde ze niet. Het eerste stuk zou ze me helpen en dan moest ik het alleen doen.
Ik hield van haar. Ik wilde haar bij me. Maar ik voelde dat die liefde kon verdwijnen. Ze kleefde aan dit kamertje.
Ik kroop naar de kastdeur.
Die was op slot. De sleutel was weg.
'Nanou?'
Waarom deed ze de deur op slot? Dat deed ze nooit.
'Nanou?'
Ik bonkte op de deur en kreeg het ijskoud.
'Nanou! Waarom doe je dit?'

'Het spijt me, Leo.'
Ze klonk vlakbij. Laag bij de grond. Ik legde mijn oor tegen het hout, mijn handen naast mijn gezicht, zakte door mijn knieën.

'Waarom, Nanou?'
'Ik kan het niet. Ik kan je niet laten vertrekken. Wat moet ik zonder jou?'
Ik voelde me weer net als in het hol. Zij daar, ver boven me, de touwtjes in handen. En al wat ik kon doen, was wachten. En hopen. Dat ze me er op een dag uit zou laten. Maar ik wilde niet langer wachten. Ik wilde naar huis.
'Nanou, alsjeblieft. Zo ga je niet met mensen om. Liefde kun je niet afdwingen.'
Ik zei het zacht, probeerde zo rustig mogelijk te klinken, terwijl mijn hart op springen stond.
'Ik wil je niet kwijt.'
'Dat is het hem net. Je raakt me niet kwijt. Niet als je me laat gaan.'
Ik hoorde haar snikken.
'Wat je moeder doet, is fout, Nanou. Als je echt van iemand houdt, laat je hem los. Hoe moeilijk dat ook is.'

Nanou

Zijn stem klonk warm door het hout heen. Ik kon niet ophouden met huilen. De hele nacht had ik geen oog dichtgedaan. Ik was bij hem blijven zitten, had naar hem gekeken. En ik was zo verschrikkelijk bang geworden voor de eenzaamheid die over me heen zou vallen na zijn vertrek. Ik kon hem niet laten gaan. Ik zou doodgaan zonder hem.
'Nanou?'
'Nee, Leo.'
'Hou je van me?'
Ik kon alleen maar huilen.
'Hou je van me, Nanou?'
'Ja.'
'Laat me dan gaan. Diep vanbinnen weet je dat ik gelijk heb.'
Hij zweeg en ik huilde. Ik huilde tot ik geen tranen meer overhad. Toen stond ik op en draaide de sleutel om. Piepend draaide de wand open.
'Ach, Nanou toch,' zei hij en hij pakte me stevig vast. 'Kom hier.'

Hij had zijn eigen kleren weer aangetrokken. De kapotte broek, de vuile sokken. De rugzak op zijn rug.

Hij pakte de kruk, legde zijn arm om me heen en daar gingen we. Naar beneden. Langzaam maar zeker daalden we af. We moesten vaak rusten. Aten wat. Dronken wat. Zeiden dingen die er niks toe deden.

We gingen lager dan ik ooit geweest was, tot ik blokkeerde. Letterlijk. Ik kon geen stap meer zetten. Daar zag ik de kampeerplaats in de diepte, de glinsterende vlek van het meer.

Ik stopte. En hij wist het. Vanaf hier moest hij alleen verder.

'Kom je echt niet mee?'

Ik schudde mijn hoofd.

'Moeder komt terug. Ik moet met haar praten.'

Dat begreep hij.

'Ik kom terug, Nanou. Beloofd. Zodra je achttien bent.'

Ik kon alleen maar knikken, mijn keel dik van de tranen.

Hij zoende me, keek nog een keer diep in mijn ogen en knikte.

Ik draaide me meteen om, keek niet één keer over mijn schouder en liep flink door. Ik was pas gerust toen de bomen om me heen vertrouwd waren, de waterloopjes liepen zoals ik gewend was en de grond mijn voetstappen herkende.

Nooit eerder had ik me zo verlaten gevoeld.

'Vincent?'

'Kom, Nanou. We gaan naar huis.'

Leo

Ik keek nog om. Zij niet meer. Met stevige stappen klom ze de helling op, haar krullen dansend om haar schouders. Ik voelde me wankel zonder haar. Zocht een nieuw evenwicht.
    Mijn voet deed pijn. De kruk had mijn oksel opengehaald.
    Ik was kapot.
    Maar ik kon de kampeerplaats zien. Zou David er nog zijn? Ik moest het halen, nog voor het donker.
    Nog één keer keek ik om. Nanou was weg. Het was alsof ze nooit bestaan had.
    Voorzichtig volgde ik het pad naar beneden.

David

De hele dag spookten Dirks woorden door mijn hoofd.
'We moeten hem laten gaan.'
Ik zat naar Leo's luchtbed te staren. Het lukte me niet eens het ventiel eruit te halen. Ik kon het niet. Vandaag nog niet.
Morgen, besloot ik. Morgen breek ik de tent af. Morgen ga ik naar huis.
Dan kon ik Olive nog gedag zeggen. Waar bleven ze toch?
Nog een keer nam ik het pad naar boven, tot op de plaats waar ik met haar naar de zonsopgang had gekeken. De bergen rondom waren me zo vertrouwd geworden, hun onverzettelijkheid had uiteindelijk toch mijn respect afgedwongen. Nietig. Dat waren we.
Nietig.
Ik bleef maar kijken naar het veranderende licht dat over de toppen speelde, de schaduwvlekken van wolken op de flanken en plots kwam er een immens gevoel van rust over me heen liggen. Als een deken. Ik hield op te bestaan.
En dat krampachtige vasthouden, dat ongedurige denken, was weg.
Weg.

'David!'
Langzaam draaide ik mijn hoofd om.
Het leek wel of ik vloeibaar werd.

Leo

Stuntelig stond hij op. Struikelend liep hij de helling op. Hijgend, snikkend. Ongeloof straalde van zijn gezicht af. God, wat was ik blij hem te zien. We tuimelden omver, zijn sterke armen om me heen. Was het lachen? Was het huilen? Het was iets waar we moe van werden. Zo moe dat we alleen nog maar hijgend in het gras konden liggen. Naast elkaar. Hij liet mijn hand niet los.

'Waar was je al die tijd?' vroeg hij.

'Ik ben terug, David.'

'Maar waar was je? Ze hebben overal gezocht. Wat is er met je voet gebeurd?'

Hij ging overeind zitten.

'Ik ben terug. Oké?'

Hij knikte, hielp me opstaan en nam me op zijn rug.

Hij droeg me alsof het niks was.

Het leek wel of hij me naar het einde van de wereld had kunnen dragen.

Nanou

Mama kwam meteen terug. Meteen toen ze de foto van Charlottes kamer in de krant had gezien. De dag erna al was ze thuis. Hysterisch.

Maar ik had me verstopt, mama. Ik was veilig, mama.

Leo's geur hing nog in huis. Rook ze dat niet? Ik sliep op de matras, mijn neus begraven in het kussen.

Ja. Ik slaap liever hier, mama. Uit schrik.

De journalisten hadden ook de la opengebroken.

Ja.

Ik had alles gelezen.

We praatten.

Ze had toch nog tranen over.

Leo

Eén soep werd het.
Het was te veel. Gewoon te veel.
Mijn vader en moeder. Mijn zus in mijn oor.
En allemaal huilden ze. Ook ik kon niet anders. Geen moment was ik nog alleen. Er zat altijd een hand in de mijne. Constant. Alsof ik zou opstijgen als een heliumballon.
Het lawaai van de helikopter, dokters aan mijn lijf. De helse pijn toen ze mijn voet opnieuw braken.
Drukte rond mijn bed.
Bloemen. Kaarten. Camera's.
Elke zin die tegen me werd uitgesproken had een vraagteken op het einde.
Eindeloos veel vragen, waarop ze uiteindelijk dan zelf maar antwoord gaven.
Geheugenverlies.
Shocktoestand.
Trauma.
Nanou was van mij. En wat miste ik haar. Wat miste ik dat huis en die berg en dat meisje. Mijn meisje.
'Laat me slapen,' zei ik.
Dan kon ik dromen.

David

Ik vouwde de tentstokken dubbel, schudde ze in de zak. Mijn voet op het zeil zodat de wind ervan afbleef.
 Eindelijk. Daar was ze.
 'David? Wat is hier gebeurd?'
 Ze wist het al, haar ogen glommen.
 'Hij is terug, Olive. Hij is teruggekomen.'
 Langzaam schudde ze haar hoofd. 'Waar was hij al die tijd?'
 'Hij zegt niet veel.'
 'Ik dacht het nog. We zagen de helikopter. Ik dacht het nog. Goh, David. Dat is toch ongelooflijk.'
 Ik kreeg die lach niet van mijn gezicht. Van oor tot oor, mijn kaak deed er onderhand zeer van.
 'Ja. Ongelooflijk.'
 'Ga je naar huis?'
 Ik knikte.
 'Ik wil voor het donker de berg af zijn. En dan rij ik door, in één ruk tot Parijs.'
 Ze lachte om mijn enthousiasme, vloog me om de hals, haar voeten raakten de grond niet meer, en ik kuste haar. Dan toch. Even maar.
 Ze keek om naar een lange jongen. Dat moest haar broer zijn. Ze wenkte hem.

Bruin haar, blauwe ogen. Een moedervlek als een traan op zijn wang. Hij stak zijn hand uit, ik schudde ze stevig.
'David, dit is mijn broer. Vincent.'

EPILOOG

Nanou

Moeder bekeek de ansichtkaart aandachtig.
Voorkant. Achterkant. Voorkant.
Terwijl ik me uit alle macht moest bedwingen de kaart niet meteen uit haar handen te grissen. Ze bekeek de envelop met haar naam erop. Het handschrift dat ze niet kende. Stak haar hand nogmaals in de envelop. Zocht met haar vingertoppen naar iets wat de frons uit haar voorhoofd kon halen.
'Wat heeft dit in godsnaam te betekenen?'
Eindelijk. Nu mocht ik.
'Uit Parijs, ken je daar iemand?' vroeg ik luchtig.
Kon ze dan niet zien dat mijn hart haast mijn borstkas uit bonsde?
Ze schudde haar hoofd.
'Er staat niks op. Vast reclame. Of een grap.'
Ze schoof haar stoel achteruit, ging de boodschappen wegzetten.
'Mag ik ze hebben?'
Met een handgebaar zei ze ja.

Alles werd weer zoals het was. Wij tweeën op onze berg.
De lange, koude winter was eenzaam en donker.

Alleen die kaarten uit Parijs bleven een raadsel. Elke maand één. De Eiffeltoren, het Louvre, de Notre Dame... Moeder snapte er niks van.

Ik telde de streepjes die ik kerfde in de wand van het hok.

Elke dag eentje.

Nog 394.